LUXIANTU

路线图

王 芫 作品

陕西新华出版传媒集团
太白文艺出版社

图书在版编目（CIP）数据

路线图 /（加）王芫著. -- 西安：太白文艺出版社，2017.1（2023.2重印）
（中国文学新力量. 海外华文女作家）
ISBN 978-7-5513-1032-1

Ⅰ. ①路… Ⅱ. ①王… Ⅲ. ①中篇小说－小说集－加拿大－现代②短篇小说－小说集－加拿大－现代 Ⅳ. ①I711.45

中国版本图书馆CIP数据核字（2016）第253752号

路线图
LUXIANTU

作　　者	王　芫
责任编辑	杨　匡　张馨月
整体设计	弋　舟
出版发行	陕西新华出版传媒集团 太白文艺出版社
经　　销	新华书店
印　　刷	三河市嵩川印刷有限公司
开　　本	880mm×1230mm　1/32
字　　数	151千字
印　　张	6.125
插　　页	4
版　　次	2017年1月第1版
印　　次	2023年2月第2次印刷
书　　号	ISBN 978-7-5513-1032-1
定　　价	35.00元

版权所有　翻印必究
如有印装质量问题，可寄出版社印制部调换
联系电话：029-81206800
出版社地址：西安市曲江新区登高路1388号（邮编：710061）
营销中心电话：029-87277748

序言

"她们"的风景

何向阳

海外华文女作家,一直是海外华文文学创作中的一支劲旅。她们的文学实绩有目共睹,并已然完成了代际的承递,对于这一点,文学史自会忠实记载,无须我在此一一列举。而收入这套丛书的作者,只是无数有成就的"她们"中的五位。五位作家虽分布于北美或欧洲不同的国家和地区,领略与生身的中国有差异的文化背景,并在文化的差异中以智慧感悟着文化的融合与进步,且以文学的形式记录之,表达之。她们一方面在国外营造和寻找事业与生活的新的基点,一方面一直在语言的深层创造上保留着对于华语文学传统的深度认同。当然这认同已然不是封闭僵硬的,而是融汇了不同文化之后创造出的新质地的华文文学。

有一种说法,海外华文女作家的成熟作品大都写于中年之后,原因在于生存的问题——解决之后,对于精神的思索开始提上日程,并随着经历的丰富而渐入佳境。而回望个体生命的过程,同时更是用写作这种方式建立与祖国家园的精神联系的过程。所以这套

"文丛"所收的海外女作家虽在文学上的起步有的并不算早,而大多在年龄上也不再年轻,其中有的是早年在国内发表作品很多,时隔多年才又重拾创作。看似应可纳入文学新力量的行列,其实这是符合写作金律的。这里的"新",不过是对一种力量的确认。实际上,海外女作家近年的文学表现岂止不俗,她们对于人、人生与人性的沉思不仅深入,而且也为我们提供了不同于国内女作家观察与写作的独异的角度,这种不同经验与艺术的补充,对于文学的整体创造而言,弥足珍贵。

五位女作家虽居地各不同,但收入"文丛"的这些中短篇小说有一个共同点,也是她们的写作所呈现出的特点,就是大多写中国人,尤其是中国女性在海外的生活、工作、心理、情感(周洁茹除外)。她们的作品具有女性特有的细腻温婉,而在女性视角之上的眼界之开阔,使得作品在中西方文化的对比与碰撞中,在对于不同文化的观察与体悟上,显出一定的优势。

比如,陈谦近年的作品之所以引人瞩目,不仅在她的叙事呈现出的细致温婉的风貌,更在其作品中深蕴的生命体验与人性思考。而《繁枝》《莲露》等对于女性内心的开掘与探索,极其深入,而且创造了我称之为"繁枝体"的叙事方式,艺术上的层层脱剥,使得被岁月层层包裹的内心一点点地袒露明亮起来。她的两部作品均进入我的年度中篇作品综述,打动我的不仅是其对故国家园往事细致耐心的打捞和梳理,对人性中最幽微最真实的反映与讲述,更是她对于女性命运洞若观火且又悲悯有加的关注与体恤。

方丽娜对于女性的关切,多集中在对于跨国婚恋中的女性的情感成长与人格历练的探索上,其《处女的冬季》探讨置身于两种不同文化中女性的疑惑与迷茫。讲述生机勃勃又嗓门亮丽,其语风泼辣,每每切中要害。在旖旎迷人的风景、引人入胜的故事里传达出富有意味的人生主旨，在看似悲伤的结局中见出人间的温暖和坚定的希望。作品传达出的令人欣喜的强劲力量不仅使之在短时间完成了从非虚构文学到虚构文学的华丽转身，而且也一直是这位一手散文一手小说的作家追求的艺术之境。

王芫的作品看似中规中矩，略显坚硬与冷静。比如《路线图》，于平稳的叙述中呈现出的是不同文化背景下三代女性的成长，母亲的迁就与无奈，做女儿的坚忍与脆弱，自己女儿的单纯与刚强，都于不动声色的叙述中一一呈现。作品在描写女性或可于不同人生阶段所具有的核心性格与品格的同时，也流露出作家身为女性的温情和仁慈。其作品中对于"来路"的人生瞭望引人深思，在真诚中显现出的宽厚而稳定的底色，或来源于她在国内早就开始的文学历练。与王芫近年的一再"出走"不同，周洁茹走的是一条"回归"之路，她的这些小说没有将笔力放在书写海外生活上面，而是将触角探向小城人物的内心哀伤。《到香港去》，在她倾心于一个个"点"的"地理"叙述中，过往故乡的细碎与迷惘，都市格子楼的拥挤与窘迫，生活的无情挤压与撕裂，生存的伤痛、无奈与不甘，在她日常琐碎的书写与才情出众的文笔下，营造出特异的语境，散发出别样的魅力。两位女作家的写作"路线"虽有不同，但使这些似乎无法言说的平凡之事跳动着的疼痛感觉，都显现出她们不凡的文字之功。

最后我们说说曾晓文，这是一个作品中更多一些母性的温厚与女性的耐心，并无强化女性对于情感过多依赖的作家。她的眼光更为开阔的部分，使得她的叙述节奏获得了难得的速度，而在小说结构上的用心也见出某种艺术追求的成熟。比如《重瓣女人花》，写不孕女性的婚恋、心理与命运，开端则从案件入手，颇有个性。而这部小说娓娓道来式的"重瓣"结构也颇可圈可点，她甚至将海外男性的心理变化也放在这次第开放的"重瓣"结构中加以剖析解读，叙述人的冷峻让人注目。这是一位关注点从女性出发而更致力于社会文化与心理层面的作家，由此她探索的更广阔的界面，往往盛得下更悲悯的情怀，其延展到女性领域之外的诸多思考，也同时表达了海外当代女作家对于人与自我探索的同时对于人与社会、人与自然关系的关注，而这一点或可视为女性作家越过自身性别关心之外创作的一种进步。

祝贺她们，同时也祝贺那些不断加入进来的新人。正是她们，跨越不同文化背景、解说不同文化内涵的写作，在这个文化不断融合而写作又需保持独特性的时代，成就了文学的新的力量，同时也带来了文学的新的风景。

我相信，这风景才刚刚展开，而由"她们"带来的更美的景色还深藏在她们未来持续的强有力的写作之中。

为此，我们充满期待。

2016年10月6日　北京

（何向阳，女，诗人，学者。出版诗集《青衿》《刹那》，散文集《思远道》，长篇散文《自巴颜喀拉》《镜中水未逝》，理论集《夏娃备案》《立虹为记》《彼黍》，专著《人格论》等。获鲁迅文学奖，冯牧文学奖，庄重文文学奖。现为中国作家协会创研部主任。）

目录

1/ 为了维克托
67/ 路线图
99/ 啊，加拿大
155/ 父亲的毒药
169/ G 点
183/ 后记　写作的"第二十二条军规"

为了维克托

　　1987年，邱振锋从山东农村考进北京一所大学。他个子高挑，身材瘦削，眉目俊朗，与当时走红的演员周里京颇有几分形似，尤其是从侧面看过去。周里京最出名的角色是《人生》里的高加林。很多人记不住演员的名字，就直接说："嗨，你挺像高加林的。"

　　邱振锋在大学三年级的时候有了第一个女朋友。女孩子是北京人，相貌一般，但是打扮不俗，敢爱敢恨的泼辣劲也有几分《人生》中黄亚萍的影子。邱振锋则是个谨言慎行的人。他八岁的时候父亲病故，母亲改嫁，是亲戚们轮流把他带大的。身世的艰难造就了他极强的自我克制，就算有人把好吃的东西端到他跟前，他也要环视左右，确认再也没人可以谦让了，才会拿起筷子。两人之间的亲密关系一直是女方在推动。第一次上床的时候，女友拿出了避孕套。邱振锋不动声色，老手一般淡漠地撕开包装，脑海里却浮现出巧珍学习刷牙的一幕。

　　邱振锋1991年大学毕业。此时，经过十年的积累，大学生在社会上已经不再稀缺，邱振锋正式分配留在北京的可能性十分渺茫。如果一定要留北京，只能做北京人不愿意做的工作。邱振锋和女友商量，女友不置可否。邱振锋也想有更好的发展，于是就读了研究生。读研究生有工资，按照规定也可以结婚，但邱振锋却不敢向女友求婚。他忌讳的是这个"求"字。他感觉这个字放大了自己尚未拥有北京户口的现实，即便"求"到了，日后也会一辈子活在"高加林"的阴影之下。

可只要没领证，避孕套就必不可少。研究生工资不高，邱振锋只能省吃俭用。

三年文学史很快就读完了，能解决户口的工作仍然没有特别理想的，但邱振锋坚决不再读书了。他没有跟女友商量，自作主张与一家报社签了合同，做五年夜班编辑。

尘埃落定。邱振锋将捷报告知女友，没想到却挨了当头一棒。原来女友一直打算带着邱振锋去深圳闯天下，听说他签了五年卖身契，立刻火冒三丈：已经是90年代了呀，你怎么还是一颗80年代的脑袋呢？你知道现在社会变化多快吗？北京有什么好留恋的？北京户口最多再过三年就没用了！

气急败坏的女友临走时说了一句刻薄话：原来你就是个神形兼备的高加林，当个宣传干事就心满意足，吃上商品粮就算革命成功！

长达五年的恋情顷刻间灰飞烟灭。

失恋的痛苦，让邱振锋刹那间理解了普希金的诗句"假如生活欺骗了你"。这首诗他在中学时代就背得滚瓜烂熟，但却一直不理解什么叫作"被生活欺骗"。没错，生活中有骗子。他的姑姑去年被一个亲戚骗走了三千块钱，那个一脸忠厚的亲戚就是个骗子。可什么叫作"被生活欺骗"呢？生活，不就是自己过的日子吗？它怎么能反过来欺骗自己呢？被女友劈头盖脸痛骂了一顿之后，邱振锋突然醍醐灌顶：原来这就叫作被生活欺骗。

十年前你为了一个目标潜心修炼；十年后出山一看，你那个目标已经不值分文。生活变了心，你被生活欺骗了。

一朝被蛇咬，十年怕井绳。邱振锋从此变得更加谨言慎行。20世纪90年代是社会发生巨变的年代，邱振锋却决心住在象牙塔里，让生活无法找到他。他在夜班编辑的岗位上一干就是五年，等到恢复了自由身，可以调动了，他也懒得积极奔走。他走出校园那年已经二十五岁了，同龄人大多在接下来的两年内结了婚。邱振锋却既不急着结婚，也不羡慕那些成了家的人。为什么要结婚呢，就为了过两年再离？

　　在生活的轮盘上，邱振锋绝不再轻易下注。但越是这样，他越是对自己已经投下的赌注倍加珍惜。就算人人都觉得北京户口不值钱，邱振锋也不愿意娶北漂女孩子。他的北京户口可是用七年宝贵的青春换来的，绝不能轻易与人分享。

　　基于同样的心理，邱振锋一直在坚持写作。他在大学和研究生阶段学的都是文学，出于一种执拗，出于对自己青春岁月的忠诚，他要将已经开始的事业延续下去。邱振锋的问题不在于写，他的问题在于完成。他的手稿可以按斤称，但成篇的东西连个短篇都没有。他自己缺乏目的，自然也就无法赋予主人公目的。他的主人公只有情绪、感觉，而没有选择、行动。这样的人物往往走出第一章，就不知道接下来该往哪里去了。

　　日复一日，邱振锋试图解决自己从未提出过的问题。假如人的生命可以无限延长，邱振锋倒也可以一直这样人畜无害地过下去，可惜，人的身体是有保质期的。违反自然的作息时间、抽烟、长期伏案，这些都在实打实地磨损着邱振锋的皮囊。从三十岁开始，邱振锋正式和医院发生了关系。不过，命运把他带到海伦面前，又过了两年。

　　邱振锋住在一幢老式筒子楼里。这幢楼建于20世纪50年代，眼下仍然使用着计划经济时代的集中供暖系统——每年冬天11月15日开始供暖，至次年3月15日停暖。但寒流并不遵循人的计划，每年都会打几天时间差。2002年11月初的一天，离供暖还有一个星期左右，凌晨2点邱振锋下夜班回宿舍的路上，北风开始由弱变强。等到他洗漱完毕，钻进被窝里，已经可以听到窗外北风的呼号。按说他这时应该爬起来，把电暖器找出来插上，可是他正在读一本书，看着看着就困得睁不开眼了，于是就在狂风拍打窗棂的节奏中，心怀侥幸地关上了台灯。

第二天上午10点左右醒来的时候，邱振锋感觉自己的头是放在冰箱里的。他鼓起勇气，从尚有一丝热气的被窝里爬出来，手刚够到搭在椅子上的毛衣，就打了一个大大的喷嚏。这个喷嚏来势很凶，像是一团冷空气在他的鼻腔里爆炸开来，瞬间炸得他晕头转向。等他从震惊中恢复过来之后，竟发现自己的脖子卡住了——只能往左转，不能往右转。

一开始，邱振锋认为这属于落枕，根本不需要去医院。他拿了个热水袋垫在右肩上，每隔半个小时倒掉里面的温水，重新注入滚水。中午过后，非但脖子的僵硬程度没有好转，反而头昏眼花、哈欠连天。到下午2点，邱振锋实在挺不住了，只好穿戴齐整，顶着呼啸的北风，走到了离家八百米左右的社区诊所。邱振锋一直都不喜欢去医院，大医院总是那么盛气凌人。人一病，精神就脆弱，不想再被医院欺负；小医院倒是平易近人，但又透着一种人微言轻的不可靠。在邱振锋的心目中，家门口的社区诊所本来已经位于歧视链的最低端了，偏偏今天挂号的小护士竟表现出了大医院的说一不二。邱振锋说挂骨科，小护士看他精神委顿，脸色蜡黄，非要他先挂一个内科不可，理由是"骨科不接受传染病"。

社区诊所麻雀虽小，五脏俱全，邱振锋在这座小型迷宫里又折腾了两个小时，才终于被护士领到一位骨科医生的面前。关于这位女医生，他第一眼看到的，是她满头的小细卷，湿得仿佛能滴出水来。邱振锋对女性化妆品全无知识，他不知道那是抹了很多定型剂造成的效果，只以为她洗了头没吹干就来上班了。他自己长期受颈椎病折磨，脖子一受风就会针扎一样地疼。此时外面狂风大作，邱振锋一看到湿头发，就像在冬天的广场上看到喷泉一样，全身冷得发抖。

女医生正低着头在笔记本上奋笔疾书。邱振锋一坐下，她就把自己的本子合上，推到一边，然后接过邱振锋的病历本。

"哪里不舒服？"女医生例行公事地问。

邱振锋的病历本是今天刚买的，上面只有姓名、年龄和半小时前内科医生写下的诊疗记录。女医生读内科记录时微微皱起眉头，嘴角上挂着一抹似有若无的笑。这表情刺激到了邱振锋，让他突然产生了说话的冲动。他很想跟她解释一下自己为什么会被发配到内科去，他想告诉对方自己对这所社区诊所的看法。不要怪我有偏见，人的意识都不是空穴来风，越偏颇的见解背后越有着非同寻常的故事。我的故事实在是匪夷所思，连我自己都不大相信。然而，滔滔江水般澎湃的思绪涌到邱振锋的嘴边，却只浓缩成一句话："打喷嚏，把脖子扭了。"

话一出口，他被自己的笨嘴拙舌羞得无地自容。女医生的表情依然很中性，既没有轻视，也没有重视。她一边听邱振锋自述病情，一边在病历本上奋笔疾书。邱振锋讲完，女医生叫他转过身去，自己伸出手，四根手指搭在邱振锋肩膀上，拇指轻轻地在邱振锋的脖子右侧按压。这本是很标准的医生对病人身体的探查，但邱振锋却好像被电击了一下似的，身体突然本能地往反方向闪开。

"别动！"女医生说，同时左手搭在他的左肩上。邱振锋乖乖地坐正，女医生的拇指继续在邱振锋脖子侧面按压，似乎是在试探、比较。终于，她的拇指停留在一处，用力一捻。这一捻便将邱振锋脖子上的一根筋单独挑了出来。邱振锋的全部痛苦就在那一刹那间被女医生的拇指圈定了。"啊！"他情不自禁地大叫了一声。这声音把他自己都吓了一跳。自早上起，邱振锋就有一种脖子以上不属于自己的感觉，女医生只用力一捻，就仿佛捻碎了一道堤坝，让邱振锋的热血重新在全身奔涌。他情不自禁地伸出两只手，双臂交叉在胸前，用自己的右手抓住女医生的左手，自己的左手抓住女医生的右手。

这一年，邱振锋三十二岁，海伦二十八岁。两个人金风玉露，干柴烈火，如胶似漆。交往到第二个月，海伦怀孕了。她问邱振锋："要不要这个孩子？"邱振锋回答说"要"。

虽然跟第一任女友分手已经八年多，邱振锋却并不缺乏性生活。他跟文艺女发生过艳遇，也跟已婚女搞过地下情。有的女孩子会主动要求他戴套，有的女孩子则不。如果女方要求，邱振锋就会顺从；如果女方不要求，邱振锋就会自觉。邱振锋和海伦第一次上床的时候，海伦完全没有提起避孕套的事，邱振锋也把这件事彻底置之度外了。第一次不戴套做爱也许是偶然，但一而再，再而三，这就绝不是偶然了。遇到海伦之前，已经有很长一段时间，邱振锋觉得自己精神涣散，无法集中精力，活得像个孤魂野鬼。就算强迫自己坐到书桌前面，过程中已经将意志力消耗掉了一多半，剩不下多少能用到写作上了。但海伦有一种奇妙的魔力，他只要进入她的身体，只要沾染到她身上的催化剂，他的身体就会爆炸，爆炸之后他会感到神清气爽，就好像他把自己体内的垃圾都变成了能量。

和酣畅淋漓的没有保护的性生活相比，从前那些戴套的艳遇都只是苟且而已。

既然从一开始就没打算避孕，那么等海伦怀了孕，邱振锋怎么能说"不要"呢？

道理明摆着，但海伦还是反复征求邱振锋的意见："你不想要就告诉我，剩下的什么都不用管。"

别看我们只是街道诊所，妇产科也是有的。手术床，吸宫器，窥阴镜,一样不缺。

邱振锋经受住了考验。一次又一次,他坚定地说:"要。"

决定要孩子之后,两人迅速登记结婚。海伦没有北京户口,但邱振锋并不在意,事实上他们的登记注册也没有受到任何影响。唯一的小曲折是海伦必须提供户口所在地派出所出具的单身证明。一等到海伦父母从老家把这一纸证明寄来,他们就去领了证,顺利得让邱振锋略有些扫兴。

成了合法夫妻,海伦就催着邱振锋去报社申请准生证。邱振锋有些犹豫。他一直上夜班,很少跟作息时间正常的管理部门打交道。"不能让你爸妈再托人开一个吗?"邱振锋问。

海伦说:"从北京要到的准生证,将来能给孩子上北京户口。"

"现在谁还稀罕北京户口?"邱振锋漫不经心地问。

"别傻了,等孩子上了学,你就知道北京户口多值钱了。"

这倒是一个意外惊喜。邱振锋于是牺牲了某个上午的睡眠,找到了单位里管计划生育的崔大姐。崔大姐只是从育龄青年的花名册上见到过邱振锋的名字,从来没跟真人对上过号。她一脸狐疑地端详着眼前这个陌生人,生怕自己一不留神,就让一个假冒伪劣者占了单位的便宜。

"你这种情况不能给准生证。"大姐把能翻的笔记、表格、规定都翻了一遍,最后慢条斯理地得出结论:"你虽然是北京户口,可你是北京集体户口。你看,这儿写着呢。就这儿——"

原来北京户口也分三六九等。曾经有一段时间,报社的年轻人都在想办法投亲靠友把集体户口转出去,只有邱振锋按兵不动,因为他觉得这很可能又是生活设下的一个骗局。

邱振锋傻傻地问:"现在还能不能转成独立户口?"

大姐说:"能啊,你买套房子,不再住集体宿舍就可以。"

会不会是另一个骗局呢?邱振锋满腹狐疑地回到家,将交涉经过汇报给海伦。海伦眼睛一瞪："骗谁呢？咱们这儿集体宿舍里好几对生儿育女的，孩子都在楼道里跑呢。他们的准生证是怎么来的？"

邱振锋顿时哑口无言，任凭海伦再怎么催他，一律以沉默应对。海伦无奈，只好绕过邱振锋直接去找崔大姐。崔大姐和海伦亲切地交谈了半个来小时，然后推心置腹地说："其实也不是不能通融，只是我们单位女同志多，指标分不过来。小邱三十多了，可以算晚婚模范。这样吧，你们现在提出申请，明年我破例给你们发个指标。"

海伦思想斗争了两个星期，最后决定放弃北京出生证。她已经二十八了，如果把这个孩子打掉，她可不能保证以后还能生出来。决定之后，海伦的父母就开始在甘肃张罗，反馈回来的结果却是：这种事必须由本人亲自到场办理。于是，就为了这张准生证，海伦往老家跑了三趟。第三趟虽然办成了，但海伦已经怀孕七个月了，父母提出让她留在娘家待产。

当海伦为准生证着急上火的时候，邱振锋既有心无力，又备受煎熬。听说海伦决定暂时不回北京，邱振锋顿感释然。失而复得的单身生活令他感觉自己在做梦。他现在最害怕的就是被人吵醒。每当听到电话响，他就会全身一激灵。要是能变成隐身人该多好啊，谁也看不见他，谁也不要给他打电话。

海伦怀孕八个月的时候，有一天突然在电话里哭着说："我想移民加拿大。"

"嗯？"

海伦说，她不能容忍孩子生下来还要落户县城。她从十八岁离家到北京上大学，就已经下定决心远走高飞了，没想到在外飞了这么多年，竟然又回到老家趴窝孵蛋，这让她觉得很丢脸很丢脸。

"其实，"邱振锋尽量用轻松调侃的语调说："给孩子留一些奋斗的目标也是挺好的。像他爸一样，长大靠自己的努力挣个北京户口，不也很好吗？"

"然后呢？"海伦问："就算他挣到了北京户口又怎么样？他能保证他儿子还有北京户口吗？一代一代地跟户口死磕，还有完没完？"

因为孩子没有北京户口就要移民加拿大，这是一条彻底超出了邱振锋经验频道的，让他完全不知道应该如何处理的信息。

一天早晨，岳母给邱振锋打电话，说海伦羊水破了，看来要早产。邱振锋赶紧跟单位请了假，直奔首都机场。他在机场买到了当天下午的机票，下了飞机再换乘三个小时的汽车，一路颠簸终于在午夜时分赶到海伦的病床前。

"母子平安。"岳母告诉他。

岳母补充说：因为羊水破了，但又没有宫缩，医生决定给海伦做剖腹产。正是这个决定救了海伦一命。胎儿取出来以后，医生才发现海伦患了胎盘植入，就是说胎盘像植物一样长出了根，深深地扎进了子宫壁。如果是自然分娩，胎盘无法娩出，有可能导致大出血。即使手术也不能百分之百成功，因为需要用刀一点一点地把植入的胎盘挖掉。这种手术难度很大，弄不好还是要子宫大出血。

邱振锋听得头皮发紧，恍然间又有了脖子转不动的感觉。岳母见他呆若木鸡，便反复强调："是个儿子"，但邱振锋就是振作不起来。儿子也好，女儿也罢，在他的幻想中反正都是个怪物。一个全身长满了触角的怪物，死死地吸附在海伦的身上。

裹在小被子里的儿子被护士抱过来了。邱振锋本能地不想碰那个包袱。他察言观色，感觉海伦对儿子也不是很走心。他不知从哪里看到一种观点，说剖腹产的女人都不如自然生产的女人爱孩子，因为前者没有经历过撕裂的阵痛。用手术从子宫里把孩子取走，就跟拿掉一个子宫肌瘤没什么区别。好像为了验证他的观点，海伦醒过来后说的第一句话,不是要看孩子,而是:"加拿大……"

维克托出生后两个星期,邱振锋就返回了北京。岳父母把母子俩照顾得很好,邱振锋既无须担心,也帮不上忙。海伦在娘家一住就是一年,邱振锋只在春节期间去甘肃探过一次亲。海伦隔一段时间就给邱振锋下一道指示:你把自己的出生证找出来,你去公证处公证一下自己的学历,你去律师事务所签个字,你去做个体检。邱振锋知道这一切都与移民有关,但他从来不多打听。他乐得不求甚解,因为他有一种很强的预感:只要移民一办好,海伦就会让他在离婚协议上签字。

维克托一岁的时候,海伦拿到了移民纸。邱振锋暗自发愁,他有些害怕海伦会把维克托扔给他。没想到,海伦胸有成竹地说:"维克托可以留给姥爷姥姥带两年,咱俩先去加拿大打天下。"

"咱俩?"邱振锋很吃惊,"我以为你要把我休掉呢!"

海伦又好气又好笑:"从一开始我就告诉你我办的是家庭移民。要不然我干吗让你签字,让你体检?"

邱振锋虽然有些感动,但还是拒绝了海伦的提议。当然,他也没有把话说死。根据他一贯的方式和性格,他表示再等等看。

海伦也没有勉强他。2004年的深秋,她自己一个人去了加拿大一个叫卡尔加里的城市。海伦是从北京国际机场走的,走之前在北京停留了三天,对邱振锋简单慰安了一下。

很多夫妻分居两国,第一个障碍就是时差。有时,一方情绪波动,特别想找人倾诉,偏偏另一方正在睡觉。世界是平的,地球是个村,但是二十四个时区仍然存在。恰恰海伦与邱振锋之间不存在这个问题,因为邱振锋要值夜班,而上班的时候往往没什么工作。海伦经常在北京时间的夜半三更给邱振锋打电话,一聊就是一两个小时,两个人之间的关系似乎反倒因为时差而密切起来。

再说,海伦刚到加拿大,看到什么都是新鲜的,她的聊天就显得很有内容。从前，邱振锋每次接听海伦的电话心里都犯怵，因为她总是车轱辘话来回说，说着说着还要哭一鼻子；现在，听海伦讲电话成了一件轻松有趣的事。见多识广就是好啊，邱振锋想：读万卷书，行万里路，巧珍也能变成黄亚萍呀！

看来加拿大是个好地方。邱振锋有时会略带自嘲地想：也许外国的月亮竟真的比中国的圆呢。好奇心，再加上海伦的怂恿，2005年夏天，邱振锋请了两个星期的假去看望海伦。海伦自从到了加拿大就开始工作，几乎没有游山玩水，便也趁着这个机会请了假。两人在温哥华国际机场一见面，就租了一辆车，开始了加西自驾游。当年邱振锋和海伦刚认识的时候，两个人只是在狭小的单身公寓里偷偷摸摸地上了几次床，还没把对方的身体完全摸熟，海伦就宣布怀孕了，从此过上了奶粉尿布的生活。如今，在一个没有熟人的陌生国度，在似乎永远不会完全黑下去的高纬度夏夜里，他们终于又找回了失去的伊甸园。

有一天，他们来到路易斯湖畔。路易斯湖水来自冰川，而冰川在融化时携带了大量的矿物质，所以路易斯湖水呈现出一种饱满的翠绿色，既深沉又艳丽，美不胜收。两人在湖边散步的时候对望了一眼，彼此都猜到对方心里在想什么。他们在湖边找了一家旅馆住下，到了夜深人静的时候再摸回湖边，脱衣下水。在水中做爱其实不如想象得容易，也谈不上有多么强烈的快感，但对于生活的这种欺骗，邱振锋可以欣然承受。

此次短聚还令他发现了男欢女爱的秘诀，那就是：在对方已经满足的时候，再多给一点。就那么一点点，一个人会感到惊喜，另一个人会感觉快乐。当然，这并不容易做到，因为需要想象力。邱振锋为自己的想象力尚未完全被生活吞噬而感觉庆幸。两个星期的探亲结束之后，邱振锋竟有些依依不舍。飞机徐徐升空，邱振锋若有所失。那些他从前如此珍视的东西：北京户口、正式工作，如今竟显得轻如鸿毛。加拿大的月亮并不比中国的圆,但躺在加拿大夏天的草原上,他会突然记起头顶上的太阳是一颗恒星。这个就事论事的"恒"字给他带来了莫名的喜悦,就像那个约定俗成的"求"字让他莫名郁闷一样。邱振锋骨子里就是个不可救药的文青。

他重新审视自己的生存。在恒星的光辉之下,点点滴滴的龌龊和屈辱都浮上了水面。为单位卖命这么多年,竟然连一张准生证都求不来。为什么呢?还不是因为中国的人太多了。地广人稀的地方就是好啊!他和海伦在天大地大的荒原上开车,半天见不到一个人。那才真是天地之间一个大写的我呢!

邱振锋终于得出了一个结论:这世界上如果真有值得追求的东西,那就是自由。

心里有了松动,邱振锋的工作表现就开始下滑。说不清到底是鸡生蛋还是蛋生鸡,总之半年之内,邱振锋就在单位里待不下去了。他在北京也没什么牵挂,辞了职,把家私半卖半送,买了张机票,就去了加拿大。

邱振锋到加拿大定居之后,才发现海伦不是在中医诊所工作,而是在按摩店工作。邱振锋顿时有一种受骗的感觉。好在,这一次不是被生活所骗。冤有头债有主,骗他的人是他的老婆。

海伦则理直气壮地说:"按摩店怎么了?又不是色情场所。这是加拿大,你不要老拿中国的有色眼镜看人。"那口气让邱振锋想起了第一任女友:这都90年代了,你怎么还是80年代的思维?

"那上次我来的时候,你为什么不告诉我实话呢?"

"我也没有骗你啊!"海伦瞪大了眼睛,一脸无辜,"上次我在休假,咱俩玩得那么开心,你一句都没问过我在做什么工作啊!"

"可是我现在知道了,而且我很不高兴!你能不能听我的,换个工作?"

"能啊!但是你得讲出道理啊!如果我不做这个工作我能做什

么？什么工作能让我一年挣五万加元？五万加元！我说的是纯收入，不是税前收入。做按摩有小费，小费是现金交易，可以逃税。"

"体面的工作能有小费吗？你去看病会给医生小费吗？"

"我这都是为了维克托呀！"海伦辩解说，"有了钱就可以买房子，有很多很多的钱就可以买很好很好的房子。房子一定要买在大城市——多伦多或者温哥华，还要买在好学区，这样维克托就可以上好学校。"

"一派胡言！"邱振锋说。

"怎么是一派胡言？"海伦反问，"难道你不愿意让维克托受最好的教育，实现我们自己实现不了的理想？"

我的理想呢？说好的自由呢？凭什么一切都要为了维克托？邱振锋心里一万个不服气。他憋得脸都紫了，但就是不敢把这几句话说出去。他曾经有过惨痛的教训：只要质疑"为了维克托"的合理性，就必然会引发海伦新的一轮痛斥，这一轮的主题是"你还像个父亲吗？"

海伦的老板也是中国人，名叫莎莉。莎莉请邱振锋吃饭，饭桌上温言软语地给他解释海伦工作的性质。莎莉还带邱振锋参观海伦工作的场所：一个宽敞的大厅，十几张按摩床，中间有布帘子遮着。布帘子是从天花板的导轨上垂下来的，离地五十厘米，既可以遮挡客人的隐私，又可以通风透气。你虽然看不到按摩师的手，但可以看到他们的小腿绕着床边走来走去。虽然做不到完全透明，但的确也很难藏污纳垢。

莎莉得过本地商会的优秀企业家奖，休息室的墙上挂着莎莉的奖状和她与市长的合影。海伦是领班，因为她是全店唯一一个考到了政府执照的按摩师。作为一个中国新移民，能考下这么一张证也是很不容易的，最起码英语得过关。海伦的证书和莎莉的奖状并排挂在墙上，充分显示出海伦的地位。

"来我们店里的老外都是由海伦接待,"莎莉说,"老外都很nice①,都很规矩。"

莎莉还说：按摩分两种——治疗按摩和保健按摩。我们虽然做的是保健按摩,但手法上和治疗按摩没区别,区别就在于客人其实没有病。

听着很有道理,只是夜深人静的时候,回想起当初自己跟海伦天雷勾动地火的瞬即,邱振锋不禁扪心自问：难道我不 nice,不规矩?

但如果允许无限联想,则任何职业都会引出邪念和不轨,即使在诊所工作也不能幸免,就算当耳鼻喉医生也不保险。难道你想回到封建社会,让海伦用一根红绳系在病人手腕上号脉?

邱振锋知道自己不占理,但他心里就是别扭。可他初来乍到,自己也没工作,还得靠海伦的收入维持生活,于是也只好把委屈、不解憋在心里。心情不舒畅,身体上就和海伦疏远起来。邱振锋在卧室里从来不主动。海伦心里也有愧,觉得邱振锋可能嫌弃她,于是每天晚上都要大张旗鼓地洗澡,恨不得把自己洗掉一层皮。香喷喷的海伦依偎在邱振锋身边,用洗得起了皱纹的手抓住邱振锋。这样的触摸有一种奇异的调情作用,让邱振锋想到堕落与禁忌,想到屈辱和变态中可能存在的诗意。

邱振锋有时就会屈服。他闭着眼睛把海伦搂过来,然后粗暴地翻身而上。闭眼能使他短暂地忘掉自己是谁,为什么到了这里。只是每当高潮袭来,快感沿着脊椎向上攀缘,即将淹没他的天灵盖时,他从来不会忘记按下暂停键,光着身子去抽屉里拿安全套。海伦默默地看着,有时候会露出受伤害的表情,有时候则会露出冷笑。有一天,邱振锋被海伦笑恼了,戴了一半又摘下来,这下轮到

---

① 和善

海伦不自在了，把身子扭成了一条蛇，推三阻四地不想让进入。邱振锋死死地抓住她的双肩，将无数愤怒的问号射进她的身体。事毕，海伦讪讪地从床上爬起来，在浴室里洗了很长时间，然后又穿戴齐整，一言不发地拿了车钥匙出去了。

留下邱振锋一个人躺在床上，连着骂了自己一百个"混蛋"。海伦很早就跟他说过：她再也不能怀孕了，因为第一次得了胎盘植入，第二次怀孕再得的概率是百分之八十。毕竟是自己妻子，应该爱惜一些。

邱振锋本质上并不是个混蛋，让他恼火的是海伦背后的逻辑：因为再也不能怀孕了，所以维克托就是她这辈子的唯一。她必须珍视维克托，她所做的一切都是为了维克托。

好吧，就算这也说得通，但为什么我做的一切也必须都是为了维克托呢？我又没得胎盘植入。

"因为是你想要这个孩子！"他能想象海伦瞪着无辜的大眼睛义正词严地说。

一派胡言。女人真是不可理喻。一开始是小心翼翼地征求自己的意见："你想不想要这个孩子？"后来不知怎么就变成"都是因为你想要这个孩子"，也许再过两年就会变成"当初是你逼着我要这个孩子"。

邱振锋感觉自己一步一步地陷入了一个圈套。可这是谁给他下的套呢？海伦能计划自己的胎盘植入？就算她能，崔大姐难道也能够配合演出？

也许，这就叫作"被生活欺骗"，而且是再一次。听着窗外呼啸的寒风，想象着海伦孤独地走进24小时药店，他不禁想起自己离开中国时的豪情万丈，以及自由指日可待的幻觉。

有一件事，他一直没有告诉海伦。他前脚刚走，后脚单位里就开始了住房改革。只要他晚走一个月，他就可以用极低的价格买下住了八年的那幢集体宿舍里的一居室。那幢楼虽然已经四面漏风，但地理位置毕竟在四环以内。要是海伦当初能打掉维克托，推迟一年再怀孕，也许故事就是另外一个走向了……

如果他把这件事告诉海伦，她脸上会不会有懊悔的表情呢？他不禁有些恶毒地想。

时间又过去了一两个月。有一天，他们又为一件小事争执起来。海伦再次祭起了"为了维克托"的大旗，邱振锋的恶意再也压抑不住了，他冷冷地问："你的意思是，只要是为了维克托，做什么都可以？"

"当然。"海伦完全没有意识到，邱振锋正在把她推向逻辑的陷阱。

"噢，做什么都可以，"邱振锋板着脸，声音低沉，"那就不底线啦？"

"底线"这个词让海伦迟疑起来，她的嘴唇紧抿着，目光流露出警觉。邱振锋继续着一本正经的表情，内心的得意却洋溢到了嘴角："比如说……"他顿了一下，默默地从文艺作品里钩沉出几位著名女子：茶花女、玛丝洛娃、阿琦婆、阮玲玉主演的《神女》、朱丽叶·罗伯茨演的《风月俏佳人》……但他不知道提哪个名字才会对海伦构成打击，因为他不确定哪部作品是海伦看过的。他的双手在胸前一张一合，似乎这样就能帮助自己做出判断。

海伦一巴掌扇过来。骨科医生的手，又有力道又有质感。海伦才使了三分劲儿，邱振锋就已经被抽得晕头转向了。

邱振锋也火了。他想象自己抡起拳头，砰的一声砸在海伦脸上。但不知为什么，他的手臂就像假肢一样，冰凉麻木，行动不便。他既沮丧又震惊：看来自己这辈子甭想实施家庭暴力了。想到"家庭暴力"这个词，他心中忽然一亮，一个金蝉脱壳的计划立刻形成。

邱振锋抄起电话就报了警。警察半小时后才赶到。在等待警察的时候，邱振锋一次又一次推开海伦递给他的热毛巾，一直坚持到警察来敲门，脸上挂着已经结痂的鼻血给警察开了门。

海伦是被她的老板莎莉保释出来的。回到家一看，邱振锋已经不见了。

邱振锋独自来到温哥华。他在中餐馆当过服务生，在机场当过搬运工，也给修屋顶的专业工人打过下手。那是他最落魄的一段时间，冥冥中他真有一种高加林附体的感觉。然而加拿大毕竟是市场经济，人才很难被埋没，只要有心交易，供给与需求总能达到平衡。邱振锋的短板是英语，过了半年多，他的英语——尤其是口语——有了进步之后，他就在本地的一家华文报社找到了一份编辑的工作。

这份工作薪资不高，每月两千加元，但却是稳定的全职工作。邱振锋属于"特刊部"，工作内容就是不定期出些主题专刊，夹在报纸中附送。说得再通俗一些，就是把同类广告客户凑在一起，集中替他们发表一批软文。邱振锋是11月入职的，上班后编的第一期就是《圣诞特刊》；《圣诞特刊》之后就是《春节特刊》；春节之后就轮到《结婚专刊》，然后依次是房地产、汽车、夏令营……邱振锋是凭着自己"出色的中英文写作能力"被聘用的，但上班不久，他发现这份工作其实根本不需要写作能力。总有客户嫌他写得太长。"特刊部"的主管艾瑞是从香港来的老移民，本人也是广告销售员出身。不管客户的意见如何尖锐，艾瑞总能将其软化之后再传达给邱振锋。"本森呀，"艾瑞会半开玩笑地叫着邱振锋的工作用名，"咱们加籍华人都是不识字的啦！拜托，拜托，再写得短一些，多给上几张图片好不啦？"

一来二去，邱振锋就有了怀才不遇之感，但朋友们听说他被加西最大的华人报社录用，都恭喜他说："你才来不到一年，就能找到专业工作,太了不起了!"

如果这也叫专业工作,那海伦以骨科医生的身份去给人家按摩,你又怎么能说那不是专业工作呢?

邱振锋心中的恼恨在一点点平息,对海伦的思念相应地一点点增加。圣诞节越来越近,他身上那个"拯救者"慢慢苏醒。12月24日一大早,他突发奇想,打算开车去卡尔加里看望海伦。从温哥华到卡尔加里需要翻山越岭,路上时不时会遇到积雪,对于不谙雪地开车的人来说,这趟旅行颇考验诚意。邱振锋一路上开得小心翼翼,路过气象巍峨的高山大川时,心里更涌起阵阵宏大的善意。他打算给海伦一个意外惊喜,外加一个半和解的拥抱。至于全面的和解,还要取决于海伦的反应。

他进入卡尔加里市区的时候是下午4点,但天已经全黑了。街上行人寥寥,路两旁的火树银花寂寞地绽放着。他把车停在海伦所住公寓大楼的路边,然后迈上台阶,走到公寓大门前面。他身上还带着海伦所住单元的钥匙,但这时他才意识到自己早已经忘记了大门的密码。他在寒天冻地里站了一刻钟,希望运气好能赶上有人出入。可惜,一个人影都没有。该回家的都已经回了家,没回家的一时半会还回不来。海伦就属于回不来的,华人开的按摩店即使在圣诞夜也会营业到晚上7点。

纯粹出于侥幸,他按了一下对讲器上显示的海伦的门牌号。令他意外的是,对讲器里竟然传出了一个女人的声音:"找谁?"

邱振锋愣了一秒,然后用力张开已经冻得几乎没有知觉的嘴巴:"有个叫海伦的,还,还住这儿吗?"

"你是谁?"

"我,我是她丈夫。"

"小邱?"

"对,是我。"

"快进来！"

门锁咔嗒一响。

邱振锋不假思索地推开门，一步跌进温暖的大厅。正对着大门的假壁炉仍然在熊熊"燃烧"，和记忆中一模一样。等电梯的时候，他的身体开始暖和起来，大脑也开始预热，这时他才想起那一声"小邱"似曾相识。是谁住在海伦家里呢？莫不是岳父岳母来了？他知道海伦的计划：只要挣够了钱就把维克托和父母接过来。难道说，在自己缺席的情况下，海伦已经实施了计划的第一步？

电梯缓缓上升，邱振锋心里已经有了隐隐的挫败感。

来开门的果然是岳母。邱振锋略有些尴尬，不知道该向他们如何解释自己和海伦的分居，又如何解释自己的突然到访。他相信海伦一定没少向父母控诉自己的丈夫，他是应该拿出男人的气度轻描淡写地道歉呢？还是应该据理力争，指出事情还有另一个版本？但两位老人没有给他犹豫的时间，一见到他就连声呼喊："太好了！你来得太是时候了！"

原来维克托下午突然发起了高烧，吃了婴儿泰诺之后体温虽略有下降，但也仍有三十八度。他们刚给海伦打了电话，可她正在上钟，估计还得再等半小时才能回电话。

上钟，邱振锋暗想，这个词他们竟然也说得出口，看来他们无论如何都会站在自己女儿一边。

岳母把邱振锋领进卧室，维克托正躺在小床上睡觉。

邱振锋最后一次见到维克托的时候，他还不到半岁。时光飞逝，这个小生物已经三岁了。邱振锋轻轻地掀起维克托身上盖的小被子，一股热烘烘的臊气扑面而来。他把维克托从头到脚好好打量了一番，然后轻轻地把他抱了起来。自从维克托出生以来，邱振锋抱他从没超过两分钟。每次他一抱起维克托，心里就有一种击鼓传花的紧迫感，总想赶紧脱手。有时候是出于毫无来由的对吸盘怪物的恐惧，有时候纯粹是因为维克托乱蹬乱踢，让他找不到着力点。这一次，病中的维克托像一块秤砣，静静地重重地压在他的臂弯里。他的小手软软的，烫烫的，无力地搁在自己的小肚子上。邱振锋情不自禁地把他搂紧了，维克托则毫无抵抗，任由邱振锋挤压，只是不由自主地张大了嘴巴，吐出滚烫而污浊的气息。他那大口呼吸的样子让邱振锋想起海滩上搁浅的鱼。

邱振锋当下决定带着维克托去看急诊，岳父母脸上瞬间流露出轻松的表情。邱振锋可轻松不起来，他知道加拿大的平均急诊等候时间为三小时。从发动汽车到药到病除，这中间必定还有漫长的煎熬。果然，在急诊室等了三个半小时，一直等到海伦下班后赶了过来，维克托才见到了医生。

维克托退烧之后，有两天患了大便干燥。他的小肚子鼓鼓的，小眉头紧皱着，又难受又不知道怎么表达。岳父母在厨房里争论是该给他吃香蕉还是吃山楂，听得邱振锋耳朵都起茧子了。他不由分说，拿了一支开塞露，把维克托的裤子脱了，给他翻了个身，然后把开塞露捅进了他的屁股里。维克托挣扎着，邱振锋死死按住他的小肥屁股。开塞露挤进去半分钟，一股黄褐色的半流体突然喷薄而出，溅了邱振锋一脸。岳父母赶紧过来察看，见到现场一片狼藉，又赶紧打水拿毛巾。邱振锋冷眼旁观，觉得他们的忙乱显得有些夸张。他不禁联想起两天前，当他决定带儿子去看急诊时，岳父母一下子如释重负的表情。他并不怀疑姥姥姥爷待维克托很好，但他也意识到：危急时刻，只有他——维克托的亲生父亲——才是敢于当机立断的人。

想到自己果然对维克托负有无法推卸的责任，邱振锋禁不住全身发冷，瞬间又有了脖子转不动的幻觉。他借口洗脸，赶紧冲进了卫生间，把自己反锁在里面，半天没敢出来。

元旦过完了，邱振锋要回去上班了。几天相处下来，他跟海伦一点私人空间都没有，自然也没能就两人的关系进行深入的交谈。但两位老人不由分说地介入进来，坚决要求海伦辞职。海伦其实也不是多么热爱按摩这一行，既然邱振锋找到了理想的工作，又有回心转意的表示，她当然也愿意一家人在温哥华团聚。

莎莉虽然舍不得海伦，但也明白这是海伦挽回婚姻的一个好机会。

事情就这样定了下来。邱振锋一个人先回了温哥华，留下海伦在卡尔加里处理搬家事宜。他前脚刚走，后脚莎莉就有了新主意：她要在温哥华开分店，让海伦去当店长。这下海伦又动了心。一个月后，海伦带着大部队赶到温哥华。把家安顿好后，她就开始满大街跑，替莎莉找房子开店。邱振锋白天要上班，根本不知道海伦在做什么。晚上回到家，两居室公寓里五口人同时说话，谁也听不到一个完整的故事。邱振锋偶尔听海伦说她想考中医执照，过两天似乎她又想考放射师执照。邱振锋心里颇有些不以为然，正想找个机会，以一家之主的口气跟海伦好好谈谈：要脚踏实地，不要心浮气躁，新移民都要有个逐步的适应过程……海伦却在一天阳光明媚的早晨突然告诉他：莎莉在温哥华开了分店，请自己去做店长。

邱振锋张口结舌，过了几秒才反应过来："你不用亲自按摩？"

"不用。"海伦一口否定。

邱振锋才不信。那么小小的一个门脸，怎么能负担一个全职脱产店长？骗鬼呢。但是一家人已经好不容易团聚了，他就是不信又能怎么着？邱振锋心里像吃了一个苍蝇似的。可这一切能怪谁呢？想来想去，他把这件事怪到了岳父母头上。他不相信岳父母和他一样一直被蒙在鼓里。

再看维克托，这孩子身上的毛病越来越多。都是姥姥姥爷惯出来的。

2007年圣诞节前夜，维克托进卧室睡觉之后，邱振锋拿出准备送给维克托的圣诞礼物。岳母一把抢过来，嗔怪地说："怎么不早点拿出来？孩子都睡了。"说完急忙推开了卧室的门。维克托正在装睡，一心要跟圣诞老人开一个玩笑。睁眼一看，却见一个身穿家常碎花睡衣的老太太举着礼物站在自己床头。

"怎么是你？我不要你！我不要你！"维克托整夜不睡，又哭又闹。

岳母很气恼，没想到一手带大的外孙子竟为这么一件小事莫名其妙地翻脸。

"好，你不要我，我现在就走！"

两位老人刚一表达要走的意愿，邱振锋立即递上机票，确保他们心想事成。看到老人脸上哭笑不得的表情，他心里有一种强烈报复的快感：呵呵，这就叫被生活欺骗。

转眼一年又过去了。一进入12月，圣诞的信号就从厚厚的云层漏下来，伴着温哥华的霏霏淫雨，剪不断理还乱地洒向人间。邱振锋接收到圣诞的信号，本能地有一种欲哭无泪的感觉。他的人生在前两个圣诞节都发生了戏剧性的转折，不知道今年又将有什么降临到他的头上？他已经成了一个悲观的人，未知的境遇总是让他产生"引颈待割"的感觉；海伦却和他完全相反，一接收到圣诞的信号，她就像打了一剂强心针，仿佛只要一过了年，眼前立马就是一个海阔天空的新天地。两个人感受如此不同，其实已经深深惹恼了对方，只是下班后都累得半死，连吵架的力气都没有了。

再说，他们现在虽然同住在一个屋檐下，却基本见不到对方。

生活的骗局一个接一个，防不胜防。邱振锋虽然略施小计，把岳父母赶走了，但两位老人一走，他才发现照顾维克托的工作只能落在自己头上。海伦根本指望不上，她每天中午上班，晚上10点下班，周末也不休息，与维克托的作息时间满拧。他跟海伦郑重其事地商量过几次：我在报社上班，你在家照顾维克托，像个正常的家庭一样运作，难道不好吗？但海伦反问他：你真喜欢报社的工作？真想在那儿干一辈子？

按摩虽然不是高尚职业，但海伦挣的钱是邱振锋的三倍。钱，真是让人又爱又恨的东西。邱振锋没想到，他在中国都不曾为五斗米折腰，到了加拿大，反而淡泊不起来了。其实仔细想想：这在理论上是完全说得通的。一个社会里的交换越自由，金钱在这个社会里便越是有力量。

所以，他必须照顾维克托。一旦亲力亲为，邱振锋才发现照顾孩子并不是件容易的事。每次他感觉自己的爱最深沉、最有力量的时候，都是维克托生病的时候。可惜维克托并不经常得病，当他身心健康活泼好动的时候，邱振锋觉得自己根本无法跟他相处。

每天早晨，从维克托起床开始一直到他走进学校大门为止，就是邱振锋面临的第一个考验。他并不怕做琐碎小事：照顾维克托穿衣服，把早饭摆出来，看着他吃掉，把午饭给他装进书包里……这些都不在话下，只要邱振锋能按照自己的程序有条不紊地去做。但是和孩子有关的事永远有出人意料之处，一旦意外发生，就需要调动额外的精力来对付。而那一点点额外的精力，恰恰就是邱振锋不愿意给的。

这天早晨出门的时候，维克托磨蹭了半天也没系好鞋带，邱振锋就蹲下来帮他系。维克托还不肯，把身子扭得像条蛇；邱振锋一把拽过他的左脚。维克托失去平衡，一个屁股蹲儿坐在了地上，然后哇哇地哭了起来。邱振锋抓着维克托的外套把他拖到走廊里，反手把门关上，压低声音吼道："哭什么？看把你妈吵醒了！"

维克托哭着说："姥姥比你系得好。姥姥什么时候回来？"

邱振锋狠狠地给维克托系上鞋带，像是要勒死那只鞋。

他拖着维克托穿过公寓长长的走廊，走进地下车库，再把他塞进车里。一直到车子发动起来，维克托还在哭哭啼啼。邱振锋心里有点后悔,其实,再多一点点耐心又有什么不可以呢?

邱振锋还记得自己当年对爱情的定义:在对方已经满足的时候,再多给一点点,这就是爱情。就那么一点点,几千分之一也行,几百万分之一也行,只要比应该付出的再多付出一纤一毫,那就是爱。

如果拿这个定义来衡量,他觉得自己对维克托就没有爱。

没有爱也就罢了,只要别给自己惹上麻烦就行。邱振锋怕维克托到了学校还不停地哭,让他当着老师、同学不好解释。也许只要多花一分钟而已。一分钟。他瞥了一眼车上的表,8点33分。

两分钟后,邱振锋的奥德赛开到枫树小学门口。把车停稳,邱振锋经车头绕到右后侧车门。维克托已经把脸贴在窗户上,鼻子都快被挤没了。他的脸上已经看不出哭过的痕迹,两只明亮的眼睛一眨一眨好像刚从童话森林里飞出来的小天使。邱振锋的一颗心放了下来。刚一打开车门,维克托的脑袋就撞上了邱振锋的胸口。邱振锋赶紧闪开,维克托团着的身子舒展开来,两臂抡圆了,呼啦呼啦就跑没影了。

目送着儿子进了学校大门,邱振锋的心情这才轻松起来。他把车驶出学校,上了阿尔伯塔路,连续两个右转弯之后上了交通干道西敏街。沿西敏街向东开了三分钟左右,道路两侧的房子明显变得稀疏,邱振锋的心情也愈加开朗。又往东开了十分钟,汽车就驶上了一个长长的缓坡,坡道下面是与西敏街垂直的99号公路,这条公路向北经温哥华前往惠斯勒,向南通往美国。邱振锋心情好的时候,走在这条坡道上能让他产生一种飘飘欲仙的飞升感;心情不好的时候,眼前就会出现幻觉,比如坡道突然断裂,自己连人带车掉进下面的滚滚红尘里。

坡道的最高点有个红绿灯。如果不是维克托系鞋带时耽误的一分钟,今天邱振锋就能赶在这个红灯之前通过这里。就差这么一点点。邱振锋等了一会儿，左拐上了库克街。库克街右侧是个汽车大卖场。这是整个大温地区规模最大的汽车销售广场——环形道路两侧分布着几十栋二层小楼，每栋楼都被几百辆汽车包围着。邱振锋把车开到汽车大卖场靠西的一个死角。这里也有一栋二层小楼，因为地理位置差，没有汽车公司愿意租，于是就低价租给了《华星报》。

8点45分，邱振锋用门卡在门禁上一刷，办公楼的铁门咔嗒一响。邱振锋推门而入，迎接他的照例是空无一人的接待台。经过茶水间的时候，看到两个女人正在热火朝天地聊天。她们说的是广东话，邱振锋听不懂。这个报社的官方文字是繁体中文，官方语言是广东话。两个女人向他礼貌地打招呼："早森！"邱振锋也照猫画虎地回了一句。他不认识她们，也无意套近乎。公司会为上夜班的人提供夜宵，基本上每天都有剩的，白天来上班的人就可以先到先得。邱振锋猜她俩是来公司蹭早点的。

上了二楼，进了自己部门的办公室。他放下包，打开电脑开关。这是一台很老的电脑，电源灯亮了半分钟，屏幕才开始闪烁。邱振锋并不着急，他已经来到了自己王国的门口，并不在乎在门前的脚垫上多蹭两下。屏幕上开始闪出一行一行的字母，仿佛电脑在向邱振锋汇报自己的心路历程。终于，一个白色小窗口弹了出来。邱振锋郑重其事地敲进密码，一幅令人心旷神怡的画面开始淡入：蓝天上飘着白云，绿草上卧着几本淡黄色的文件夹。

邱振锋看了一眼电脑屏幕右上角的时间：11月29日，早上8：51。从现在开始到10点正式上班，一共六十九分钟，每分每秒都是自己的时间。

邱振锋在给国内一家出版社翻译一本关于电影的书。翻译，是邱振锋最近一年的意外发现。他在北京的一个大学同学介绍他为出版社译书。据同学的说法，国内很难找到好的翻译，因为翻译费太低了。邱振锋抱着试试看的心情接下了这个活儿，结果发现自己竟是一个好翻译。别看他的创作没有成果，这么多年的文字功夫不是白练的。

邱振锋的翻译方法是先粗译，再精译。所谓粗译，就是把原稿中的句子拆成意群，以意群为单位译成中文。精译则是在粗译的基础上重新调整意群的顺序。每天上午10点以前，邱振锋把原稿摊在桌子上，对着原稿进行粗译；10点钟以后同事们来了，他就把原稿收起来，对着电脑屏幕进行精译。报社分派给邱振锋的工作并不繁重，只要他对着屏幕打字，没有人会管他到底是在写什么。单就这一点来说，邱振锋觉得这些加籍华人的文明程度还是相当高的，当然，也许是因为他们不认识汉字？

也可能是因为邱振锋不会说广东话，经常有其他部门的同事过来聊天，语音铿锵，表情生动，也不知道谈的究竟是工作还是八卦。邱振锋从来不参与同事们的聊天，连"试图"都不曾。他并不在意被别人当作空气，恰恰相反，他十分珍惜这种疏离感。对广东话的无知仿佛是他的金钟罩，为他屏蔽掉了一切干扰。记得有一次，一架小飞机撞上了机场附近的一幢居民楼。一时间报社人心浮动，特刊部的人——除了邱振锋之外——轮流往新闻部跑，只有邱振锋盯着电脑屏幕，我自岿然不动。终于，一个同事忍不住了，用磕磕绊绊的普通话向邱振锋通报了消息。邱振锋十分配合地做出大惊失色的表情："啊？真的？是恐怖袭击吗？"

"我母鸡啊！"

话说回来，尽管这帮同事是非不多，邱振锋也不能公然在上班时间拿出一本与工作无关的英文书来翻译。他每天能够进行粗译的机会，只有早晨上班前的这一个来小时。这就是他为什么连一分钟都不愿意多给维克托的原因。这是他最后的堡垒。

邱振锋今天遇到了一个超级长的有三层复合结构的句子，这一句话就占了三分之一页纸。他刚把全句按意群大致翻成中文,就听到有人在门上轻轻地敲。他一开始没理会,反正没到上班时间,谁都没理由在这时来找他。但敲门的人很执着,邱振锋只好喊:"请进。"门一开,进来一个清清秀秀的女子。邱振锋不知道她的姓名,但认得这张脸。这是公司的前台小姐。

前台小姐手里拿着一捆报纸,对邱振锋直呼其名:"早晨好,本森。"

报纸是公司赠送给员工的,算是在报社工作的福利。当天的报纸都摆在前台,按照部门分成几堆,每堆单独捆扎,十字交叉的绳结下面附着一张字条,字条上写着各部门的名称。邱振锋每天都是"特刊部"第一位到办公室的,每天都会顺手把本部门的报纸带上来,今天大概是被维克托耽误了一分钟,一着急就忘了。

"早上好,"邱振锋说,"谢谢你送报纸来,就放在那里吧。"

前台小姐却袅袅婷婷地走到邱振锋面前,用不是很熟练的普通话说:"我想请你帮一个忙,不知可不可以?"

邱振锋心里不耐烦,但对一个柔声细语的女子也无可奈何,只好似笑非笑地问:"什么事?"

"我想请你教我读这个。"前台小姐放下报纸后,邱振锋才发现她手上还拿着一张 A4 纸。那张纸上打印的是邱振锋为公司圣诞晚会写的串场词。

公司每年圣诞节前都要开一个晚会,招待各界要人及广告客户。今年的晚会邀请到了中国领事馆的人,管理层于是要求把串场词写得像中央电视台的晚会一样。通常这个任务都是由特刊部来完成的,艾瑞知道邱振锋在北京当过大报的编辑,于是就把这个任务直接交给了他。邱振锋其实最讨厌写央视腔的东西,但艾瑞说:咱公司一百多人,这件事只有你能做。

邱振锋一方面讨厌命题作文,另一方面又特别吃"非你不可"

这一套。这里面微妙的分寸，只有艾瑞这么精明的管理者才能掌握。

眼下，前台小姐细白的手指间捏着的，就是那篇深获管理层好评的命题作文。邱振锋略微有些激动。写字的人，都希望自己能有读者。

"你为什么要学习读这个？"邱振锋的语气和缓了些。

"我想试试在公司的晚会上当主持人。"

"哦，"邱振锋微微一笑，把那张纸接了过来，"你哪个词不会读？"

"嗯，很多。"

邱振锋的笑容凝固在脸上。细看之下，他才发现那些文字上面有密密麻麻的记号，有的画了线，有的画了圈。一眼望过去，几乎没有一个字是干净的。

邱振锋正在犹豫，前台小姐却兀自坐在了邱振锋对面，双手交叠放在腿上，仰着头，充满期待地望着他。邱振锋从来不记得自己仔细看过这女孩子的正面。平时她在前台坐着，不是接电话就是打电脑。那份工作虽然算不上繁重，但也是一刻不得闲。如今，这个整日案牍劳形的OL，终于在紧赶慢赶的人生中歇下脚来，特意向邱振锋展现出平时他只能匆匆一瞥的真容，让邱振锋想看多久就看多久。

无可否认，邱振锋感到了一丝满足。权衡之下，邱振锋客气地说："我很愿意教你，只是现在不行，请你10点以后再来找我，好吗？"

女孩子大概没想到自己竟然会被拒绝，一时有点尴尬。邱振锋也觉得有点过意不去，为了回避进一步交流，他把目光收回屏幕，仿佛女孩子不存在一般，十个手指在键盘上翻飞，噼噼啪啪地胡乱敲出一行字来。

女孩子说："对不起，打扰了。"然后就站起来走了。

Athen 13.1.02.

等她出了门，邱振锋站起身，走到门前，用力把门一关，而且画蛇添足地反锁上。

从9点到10点，邱振锋一步也不敢走出自己的房间。虽然很渴，可是他连茶水间都不敢去，就好像门外有蛇一样。终于熬到10点，同事们前后脚进来，邱振锋才长出了一口气。

好吧，现在你可以过来了。

但整个上午，前台小姐都没有过来。

《华星报》内一切与新闻无关的人员，都在上午10点至下午6点之间工作。假设《华星报》也有计划生育部门，那么崔大姐就会在这个时间段里上班。为什么不是朝九晚五呢？这又和该报的新闻生产方式有关。这家报社的母公司设在香港，在全球有十几家分社。《华星报》是公司的加西分部，其新闻分为三大块：国际新闻、加国主流新闻和加国华裔社区新闻。国际新闻由香港总部提供，加国主流新闻由新闻部的编辑们根据英文媒体进行编译。这两项工作都只能从下午才开始做，于是管理层就希望非新闻部门的上班时间越晚越好，以便和新闻部门产生最大限度的交集。

管理层对于上班卡得不严，晚来半个小时都没有关系，但对下班卡得特别严，早走一分钟都不行。

偏偏邱振锋特别需要在下班时间上得到通融。他每天早晨送完孩子就直接上班，往往不到9点就能到公司；维克托下午3点就放学了，邱振锋给他报了一个课后托儿班，但课后托儿机构看孩子最晚也只能到下午6点。6点整孩子必须接走，晚一分钟罚一块钱。邱振锋为了准时接孩子，每天都必须早走十分钟，这十分钟必须从年假里扣。一天十分钟，一年相当于五天年假。

海伦父母是在一个周末离开温哥华的。下周一，邱振锋从人事部领来请假表，填好了，让艾瑞给他签字。艾瑞很吃惊，她在公司做了十五年，还从没见过这么请假的。邱振锋平淡地说："无所谓啦，我要年假干什么？我又不想旅游。"他甚至还用自嘲的口吻补充说："在我无业的时候，我已经旅游够了。"但艾瑞的笔就是落不下去："你家里再也没有别人可以帮忙了吗？"邱振锋耸耸肩，不置可否。艾瑞还不识趣，继续唠叨说："你要不要问问别人，看看大家都是怎么解决这个问题的？你太太不可以接孩子吗？家里没有老人吗？"邱振锋终于绷不住了，狠狠地瞪了她一眼。邱振锋从来没有这么凶过，吓得艾瑞赶紧把字签了。

"我这也是为了维克托啊！"邱振锋拿着表去人事部备案，心里万般无奈，百感交集。

上午11点以前，邱振锋认为所有的道理都在自己这一边：公司无情，所以他不能通融。早晨10点之前的时间都是我自己的，不能用于工作。从11点开始，邱振锋的态度开始软化。如果前台小姐这时候过来找他，说不定他反而会向她道歉。对不起，我太生硬了，但我也是无奈。12点一过，邱振锋开始坐立不安，最后他想到了公司员工内部通讯录。他登录公共文件夹，查到前台小姐叫萨曼莎。午饭时间到了，邱振锋从二楼厨房的冰箱里拿出自己的饭盒，特意到一楼的厨房去加热。经过前台的时候，他停下脚步，隔着齐胸高的柜台，对着电脑后面那张精致的脸说："萨曼莎，我今天下午有时间，你随时可以过来找我。"萨曼莎正在电脑上敲字，邱振锋对她说话的时候，她上身一动不动，只是眼睫毛抖了几下，好像蝴蝶的翅膀在扇动。邱振锋说完了，萨曼莎抬起头，例行公事般地说了声"谢谢"。虽然语气要多平淡有多平淡，邱振锋还是如获至宝，心满意足地走开了。

午饭之后，邱振锋的幻想愈加具体了。如果萨曼莎拿着稿子过来找他，他应该在哪里辅导她呢？自己的办公室显然不大合适，因为别人还要工作。最好是借用公司的会议室。借会议室需要先向部门主管申请，然后把部门主管签了字的条子递到行政部。为了让艾瑞有个思想准备,邱振锋决定先跟艾瑞打个招呼,没想到艾瑞挥了挥手,毫不在意地说:"那么麻烦干什么?只要会议室里没人,你推门就进好了。"但她想了一下,又有些狐疑地问道:"前台的萨曼莎要读串场词?"

"是啊。"

"哦……"艾瑞仿佛想说什么。

"怎么了?"

"以往每年都是公关部的利迪亚主持晚会……萨曼莎……有点儿奇怪啊。"

邱振锋的脑子里电光石火般地亮了一下。也许这并不是公司正式的安排,只是萨曼莎在暗地里使劲争取机会。若果真如此,她当然不能在上班时间光明正大地来找邱振锋要求辅导。

那么她在早晨9点来找,就很可能不是偶然,而是研究了他的行为规律之后的刻意安排。这么一想,萨曼莎在邱振锋心目中立刻变丑了。她不再是一个皮肤细白、妆容精致的小家碧玉,而是一个伸出冰冷触角,想要攫取他最后一点自由的母章鱼。

5点50分,邱振锋下班了。他脸色凝重目不斜视地从前台经过,似乎要以冷漠和鄙视来惩罚心机女。可是,在开出效果不明的罚单之后,邱振锋并没有得意的感觉,反而更加郁闷。

晚餐的时候,邱振锋一边吃饭一边漫不经心地浏览着"哭胖"。"哭胖"泛滥,这也是圣诞将近的信号。邱振锋对购物兴趣不大,但厚厚一叠"哭胖",如果完全不看,他又觉得若有所失。借助眼角的余光,邱振锋发现维克托扭动着身子,时不时往"哭胖"上瞄一眼。他心里暗笑,一边把"哭胖"往维克托的方向推了推,一边豪爽地说:"你今年想要什么?"

维克托却像触了电一样,把"哭胖"往外一推:"爸爸,别告诉我你要给我买什么。"

邱振锋一愣，不由得从"哭胖"上抬起头来，认真地打量了一下维克托，但见后者双眼平视前方，呼吸急促，小身板挺得笔直，显得十分紧张。

邱振锋居高临下地说："男子汉大丈夫，不要老玩猜心游戏。想要什么就说，痛快点。"一边说，一边故意把玩具类"哭胖"一张张摊开，一直铺到维克托鼻子底下。

到底才五岁，维克托抗不住了。他眼帘低垂，目光开始在桌子上扫描。当他看到"Beyblade"①的时候，眼睛里突然有一朵小火苗跳荡起来。邱振锋如释重负，手指着 Beyblade，正要作豪爽表态，维克托却仿佛陀螺圣斗士附体一样，能力在瞬间得到了提升。

他毅然决然地把头扭向另外一边，不跟邱振锋目光交会，"爸爸，别当着我的面买。"

这话他是带着哭腔说的，小肚子一鼓一鼓的，让邱振锋想起他三岁时的那次大便危机。

哼，还不能当着他的面买。不知道我最缺的就是时间吗？我上哪儿找得出一个人逛商场的时间呢？

邱振锋最恨别人觊觎他的时间。难道我是唐僧肉吗？谁都想咬一口。他越想越气。

床头柜上的夜光表显示出 9 点 15 分。海伦还没回家，维克托已经睡着了。每天晚上，维克托一入睡，邱振锋的心情就会轻松下来，这是一天中第二段他能感受到自由的时间。心情一轻松，耳朵也会随之欣然张开。偶尔，他会听到消防车、警车、救护车在街上呼啸而过。一听到特种车辆出动，邱振锋就会感到自己也在蠢蠢欲动，这就是多年的夜班编辑生活在他的生物钟上留下的记号。

维克托的呼吸声越来越均匀。邱振锋估计他睡着了，便轻轻地

---

① 一种玩具，港澳译作爆旋陀螺

站起来，走出卧室，穿过客厅，来到通往露台的落地窗前。邱振锋住的这幢公寓是围合式结构，四面建筑将一个花园围在中央。他家在一楼，推开落地窗，外面就是自家的露台。露台是水泥的，与公共花园之间只有一道半米高的灌木相隔，一抬腿就能迈出去。如果是在北京，住在一楼的人家必须要装防盗窗。而在这里，邱家通往花园的落地窗很少上锁，却也从来没丢过东西。

邱振锋喜欢在维克托睡着后，经落地窗进入花园，然后再穿过花园，走上大街。只要走出去，单独一个人，他就感觉心情愉快。为了能顺利出走，他从不走正门，因为正门很厚重，关门的时候门锁总是要发出哐的一声。一旦维克托被吵醒，他就走不成了。

月光下的花园静悄悄地，交叉步道、座椅、儿童滑梯，样样都显得比白天要小巧一些。这一切都平铺在邱振锋的视网膜上，但却不能给他任何快乐的刺激。邱振锋两年前就认识到：这个世界上没有幸福的人，只有幸福的时刻。就拿自己来说吧，当初生了个儿子，把维克托的照片给朋友们一看，谁不羡慕？刚到加拿大的时候，把在青山绿水间拍的照片发给大家，谁会怀疑他的幸福？朋友们想起邱振锋的时候，脑海中出现的永远是那几个幸福的瞬间，自己的幸福就这样在别人心里定了格。但真实的生活却是不断流动的，幸福的时刻即使有，也是转瞬即逝。

所以，必须时时站在旁观者的立场提醒自己：你是幸福的。

我是幸福的，我现在可以抽烟了。

邱振锋刚把烟点上，就听见外面街上一阵急促的脚步声。随后，两个面孔身材都很东亚的老人闯入视野。邱振锋认出来，这是住在他隔壁的薛阿姨和刘伯伯。他俩合力提着一只垃圾袋，袋子蹭在地上，发出丁零当啷的响声。只见他们气喘吁吁地跑到铁门前，一个对另一个说："快掏钥匙。"另一个急赤白脸地说："在你身上。"邱振锋紧跑一步，替他们把铁门拉开。但为时已晚，一直在他们身后紧追不舍的大胡子印度人趁此机会箭步上前，不由分说伸手就抓住了袋子。

邱振锋赶紧用英语大喝一声："住手！"

那印度人一手紧抓着袋子口，一手按在胸前："他们闯进了工地，我必须检查一下。"邱振锋见他穿着一身蓝制服，腰间还别着一根橡皮头棍子，模样确实像个保安。这附近有一个建设中的楼盘，建筑公司一般都请印度人守夜。

邱振锋把印度人的话翻译成了中文。刘伯伯咕哝着说："就是一些瓶子。"然后自知理亏似的松开了手。

印度人打开垃圾袋，把手里的电棍杵进去扒拉了几下，袋子里面传出"扑扑""叭叭""当当"的声音，似乎瓶子种类很丰富，有纸的，玻璃的，也有铁的。

温哥华有个 Bottle Depot，专门做回收饮料瓶的生意。邱振锋经常把自家喝完饮料剩下的空瓶拿过去卖，他估计薛姨和刘伯捡了瓶子也是拿到 Bottle Depot 去卖的。邱振锋特别不愿意撞到别人的尴尬瞬间。此时此刻，他恨不得找个地缝钻进去。

印度人把垃圾袋还给他俩，然后对邱振锋说："请你告诉他们，以后不要进工地，那里是私人领域。"

邱振锋赔着笑脸对刘伯说："他劝你们下次别进工地了。工地附近有一只郊狼，会伤人的。"

刘伯闻听此言倒轻松下来："郊狼算什么？加拿大人真是少见多怪。郊狼不咬大人，只咬孩子和宠物。"

印度人半信半疑地盯着邱振锋："他们懂了？"说着还拍了拍腰间的棍子，以加强语气。

"懂了。"邱振锋郑重地说。印度人的目光在他们三个身上扫来扫去，似乎还有话说，但又终于没说。他转过身去，原路返回。

剩下他们三个人站在原地，面面相觑了好几秒。最后还是邱振锋先回过神来。"没事儿了，"他说，"快进来吧。"

薛姨咧开嘴，冲邱振锋笑了笑："他也是为我们好。"

"对对！"邱振锋说，随后把门拉得更开，"快进来吧。"

他俩合力拖起了垃圾袋，一前一后进了大门。邱振锋低着头，飞快地与他们擦肩而过，正要一步迈到大街上，刘伯忽然站住了，回头冲邱振锋说："今天这事儿，别告诉小刘，好吗？"

昏暗的路灯光下，邱振锋看到刘伯脸上堆着比哭还难看的笑容。这让他愈加难过。自己无非就是在错误的时间出现在了错误的地点。

"不会的，"邱振锋安慰他，"我根本碰不上她。"

"其实，我们就是想攒点零钱给大卫买个圣诞礼物。"

"圣诞礼物"这个词意外拨动了邱振锋的心弦。他叹了一口气："是啊，我也正发愁呢。加拿大就这点不好，让孩子们把过圣诞当成一件天大的事。"

"我们倒不缺钱，"薛姨说，"我们在中国有退休金，只是没带加元过来。"然后，她试探地问，"你愁的是什么呢？"

她那探询的目光让邱振锋瞬间感觉受到了威胁。他一直有意回避这对老夫妇，因为他们太爱包打听。不过，也许因为今天刚刚帮了他俩一个忙，心理上有些许优势，邱振锋就在不知不觉间放松了警惕。"没时间呗。"他说。虽然心里觉得不太妥当，但还是不由自主地越说越多。

听完了邱振锋的故事，薛姨当即表示："这还不容易？周末你把维克托放在我家，自己去商场转一圈不就行了？"

"真的？"

"没问题，"刘伯说，"反正我们也要看大卫，看一个也是看，看两个也是看。"

"那可真是太好了！"邱振锋没想到，一道难题就这样轻易解决了。看来，偶尔向别人示弱也并不是坏事。

"那我们先回去了。"两位老人跟邱振锋道了别，然后合力拖着垃圾袋，向花园深处走去。这次他们十分小心地确保袋子离地一厘米，不发出一点声音。

邱振锋独自一人走上了花园路。天气有些潮湿，夜晚的气温在零度附近徘徊，地上结了一层若隐若现的浮冰。他掏出一支烟，点着，一边深吸一口一边听着自己的脚踩在浮冰上发出吱嘎吱嘎的声音。烟很快就吸完了。他再次深吸一口清冽的空气，然后用力呼出来。如此这般吞吞吐吐胸腔起伏了若干次，他感觉四肢微微发热，全身充满了活力。

感觉刚刚好一点，他就强迫症似的看了一眼手表。已经10点了，他必须赶在海伦下班回家之前躺到床上。

他们住的公寓是两室一卫。邱振锋和维克托住在主卧，海伦自己住在次卧。邱振锋不愿意和海伦见面，因此每晚都要赶在海伦回家之前上床。

邱振锋原路返回，经落地窗蹑手蹑脚地进入室内。他刚刚在主卧室躺下，就听到海伦打开正门，进入客厅。邱振锋赶紧钻进被子里，身子蜷缩成一团，大气不敢出，就像在森林里遇到黑熊必须通过装死来逃避注意一样。

第二天早晨，邱振锋9点差两分来到办公室。事先他心里反复争论：如果萨曼莎再来找他，要不要为她破例呢？但萨曼莎没有来。这女孩子看来是识趣的。邱振锋有点满足又有点惆怅。

他打开电脑，却在邮箱里意外发现了一封出版社编辑发来的电子邮件。这封信的主旨是催邱振锋尽快交活儿。编辑说：公司刚刚重组，如果不在年底之前交活儿，新公司有可能取消这本书的出版计划。

取消出版计划？邱振锋头皮一阵发紧，瞬间又有了脖子转不动的感觉。

邱振锋靠着零敲碎打,已经把翻译完成了百分之九十五。剩下的一些注释、词汇表等等,也都可以利用上班时间完成。但是,把一整本书的翻译化整为零,也会出现一些相应的问题,比如前边一章翻成卡伊尔,后边一章就写成凯义尔。为了纠正这些错误,他需要一段完整的,能够一心一用的时间,把全书再校对一遍。最好是能够封闭地,不受打扰地,连续工作四十八个,嗯,九十六个小时。

上哪儿去找这么长的时间呢?邱振锋拿着咖啡杯在走廊里转了好几圈,愣是没找着咖啡机。直到撞在一堵墙上,他才猛然想起了昨晚的遭遇。

对了,薛姨那里不是可以周末托儿吗?

星期六早晨,海伦还在睡觉,邱振锋就给维克托穿戴整齐,领着他来到薛姨家。他告诉薛姨自己需要把维克托寄放在她家一整天,然后给了她五十块钱。薛姨一开始使劲追问:"为什么要一天?买点东西半天还不够?"邱振锋说:"其实今天是需要加班。"薛姨又说:"加班就加班吧,干吗还给钱呢?"邱振锋一再解释:"您就收下吧,在加拿大找人看孩子就得付钱。"

对维克托,邱振锋实话实说要去公司,但维克托似乎并不相信。他的小脸蛋极力绷着,眼睛一眨再眨,频频向他放电。邱振锋心里隐约感到抱歉:孩子,我说的可都是真话。

安排好维克托,邱振锋驱车直奔公司。一切如其所愿,整个大楼里只有他一个人。

这可真是太爽了。邱振锋第一次产生了公司就是家的亲切感。什么叫家?家就是你待着不想离开的地方。他打开电脑,趁电脑启动的工夫去了茶水间。咖啡壶里还有夜班编辑剩下的半壶咖啡。正常情况下,邱振锋会毫不犹豫地倒掉,煮一壶新的。但他已经把公司当作家了,他有节约的义务。邱振锋用力给自己压了一杯剩咖啡，嚯，还是温的呢。

一鼓作气干到中午 12 点。饿了，就把从家里带来的午饭，用微波炉热一下。吃饭也不耽误干活，因为校对主要由眼睛和大脑协作。只有发现了错误，他才需要把饭盒放下，在键盘上敲几下。

从 12 点开始，陆续有人进来。邱振锋能听到大门开关的声音，但始终没见到一个人影。公司与新闻有关的部门都在一楼。下午 4 点左右，有个人从门前经过，邱振锋抬头看了一眼，知道那是新闻部的头儿。这个人瘦瘦高高，脸色总是很苍白，在人群中显得很突出，所以邱振锋对他有印象。不过，邱振锋从来没跟他讲过话，因为级别够不着。新闻部的头儿往邱振锋这边看了一眼，大概因为头一次看到特刊部有人周末加班，略有些好奇，但也就到此为止了，更多的探询是没有的。

唯一让邱振锋感到难以置信的是：下午 6 点很快就到了。他收拾东西，关了电脑，依依不舍地准备离开。巧的是，这时外面下起了大雨。车停在离公司门口二百米左右的地方，他不想冒雨去取车。下雨正好给了他借口，让他在公司多待一会儿。

邱振锋走到二楼会客区，坐进沙发里，点起一根烟，拿起了一份英文报纸。

温哥华虽然实行全面的室内禁烟，但公司二楼会客室里仍然保留着烟灰缸。这个会议室主要接待广告客户，而《华星报》的广告客户以中国人居多。中国客户通常都不睬温哥华的什么鸟规定。管理层对此也只能睁一只眼闭一只眼。但公司内部员工，是绝对不能在会议室里抽烟的。

邱振锋正坐在会客室里大咧咧地吞云吐雾，忽然一个声音响在门口："请问，我有什么能帮你的吗？"

邱振锋把报纸往下一放，差点儿魂飞天外。对面站着的竟是报社总编。

《华星报》只有一位总编。这位总编一年到头都是晚上7点才上班，邱振锋因此和他一点儿交集都没有。但邱振锋毕竟还认得这张脸，这是因为：第一，公司一年一度的年会上，总编会讲话；第二，《华星报》会报道自己的慈善活动，比如汶川地震之后，总编举着一张画在纸板上的支票去红十字会捐钱。邱振锋就在报上见过那张照片。

　　邱振锋怔了一下，谎言张嘴就来："我在你们报上登了广告，今天路过这里，想要一份样报。前台小姐不在，广告部也没人。"

　　不知为什么总编脸色有点不自然。邱振锋起初以为是自己的错觉，但是随着一阵清脆的高跟鞋敲击地板的声音，一个熟悉的身影出现在总编身后。正是前台小姐萨曼莎。

　　萨曼莎的头上顶着一堆细碎的小发卷。现如今的邱振锋已经不是菜鸟了，对女性的梳妆打扮颇具备常识。他知道那不是发胶的效果，而是真的被雨淋湿了。他猜测总编和萨曼莎一前一后出现在公司不是偶然的。也许他们两人是坐同一辆车来的公司，为了掩人耳目，女方先把男方放在门口，然后自己把车开到远处停下。

　　总编这时大概只想把邱振锋赶紧打发走，于是问道："请问你是哪个公司的？你想找哪天的报纸？"

　　越过总编，萨曼莎看到了会客室里的邱振锋，她的眼神里写满了疑惑。

　　邱振锋强作镇定地说：我是某某餐厅的，我找昨天的报纸。这些细节都难不倒他。文案是他写的，版面是他编的。

　　总编回头对萨曼莎说："你去发行部找一份昨天的报纸，交给这位先生。"说完，自己先行离开了，留下邱振锋和萨曼莎面面相觑。萨曼莎看了看邱振锋，欲言又止。她转身离开了，片刻之后带着邱振锋点名要的报纸回到会议室。她一边把报纸交到他手上，一边压低声音问："怎么回事？"

"还想学普通话吗？"邱振锋朝她做了个鬼脸，"星期一上午9点。"

接下来的一个星期，邱振锋早晨9点到10点之间的时间就都奉献给了萨曼莎，这对于他来说不啻雪上加霜。可他别无选择，他只能以此换来萨曼莎对那件事的沉默。

一个星期很快就过去了。周六早上，邱振锋又来找薛姨，说自己还需要再加一天班。这一次，薛姨很痛快地接过了他递上来的钱，不过邱振锋也能看得出：薛姨并不相信他的理由。她八成以为邱振锋有外遇。

谁能相信他呢？邱振锋想：谁能相信世界上会有我这么拧巴的人呢？

他拿着电脑去了 Wave's Coffee[①]。店里人来人往，邱振锋根本没法集中注意力。听说很多作家都能在咖啡馆写东西，邱振锋很奇怪他们是怎么做到的。午饭时间到了，邱振锋终于给自己一个借口，收拾了东西，驱车前往一处海滩。

温哥华有很多世界级的知名海滩，但冬天的海滩却是天苍苍水茫茫，一片荒凉。人少也有人少的好处，至少抽烟不用遭人白眼。抽完一支烟，他把饭盒从包里拿出来，一边嚼着冷冰冰的米饭，一边怀念起自己的家来。他想回家了。海伦这时肯定已经上班去了，维克托还待在隔壁，他完全可以神不知鬼不觉地回家，反身把门锁上，脱鞋，走到书桌前。

他越想越觉得这招可行，于是驱车回家，把车停在地下车库。他没有通过车库内的电梯进入大楼，而是从车库侧门步行上了西斯敏路，再从人行道进入花园，最后来到自家的落地窗前。他用手轻轻推了一下落地窗，果然没锁。

---

① 加拿大本土品牌连锁咖啡店

坐在自己家里,邱振锋专心工作了一下午。他第一次体验到原来家也可以如此安静舒适。偶尔,他会听到薛姨家开门关门的声音。通过声音判断,薛姨的外孙周末很忙,上午有一个补习班,下午有一个游泳班,此外还有一个他没有听清名称的课。

　　下午5点左右,外面忽然响起刺耳的警报声,把邱振锋吓了一跳。然后,隔壁的门开了,薛姨、刘伯,还有维克托,一起站在门口吵吵嚷嚷。邱振锋从他们的对话里猜出,薛姨做晚饭的油烟太大,触动了烟感器。这种事在中国家庭里经常出现,过一会烟散了,警报也就停了,没什么大不了的。但是今天不知为什么,警报声持续得特别长。女儿、女婿不在,薛姨和刘伯惊恐万状,互相埋怨。邱振锋听了一会儿,实在是有些听不下去了。他从书桌旁站起来,走到门口,打算冒着暴露的危险出去给他们支招。

　　就在他即将推门的一刹那,听到维克托稚嫩的声音。

　　"喂,我们的警报器响了……嗯,没有着火,只是它响个不停。"是维克托在讲电话。听这口气,他应该是打给了911。"我五岁。不,我不是独自在家,有成年人陪伴,不过他们不会讲英文……"接下来是一阵长长的沉默,可能是电话那一端的警察在给维克托支招。邱振锋感觉自己后脖梗子上沁出了一层细密的汗珠。不知过了多久,维克托的声音再一次响起:"好的,就按你说的做。我肯定。我非常非常肯定。我非常非常非常肯定。谢谢你,再见。"

　　然后他收了线,改用中文说:"警察让我们把靠近厨房的窗子全都打开。"

　　三个人回到房间。警报声弱了下来。又过了大约半分钟,警报声彻底平息。

　　邱振锋仿佛被冻在了门前。他第一次意识到:他必须对维克托刮目相看了。两年前维克托刚开始上幼儿园的时候,他曾经又哭又闹不肯进去,因为老师说的话他一句都听不懂。他曾经死死地抱着邱振锋不撒手，而邱振锋又是多么不耐烦地甩开他的手。想不到，眨眼之间，这个小不点儿已经能独当一面了。

海伦说"一切都应为了维克托"，邱振锋对此相当反感。维克托有饭吃有衣穿，这难道还不够吗？邱振锋小时候连吃饱穿暖都是奢望。每个人都应该努力获得自己的存在感，维克托也不例外。本来邱振锋一年有十天年假，其中五天用于提前下班接维克托，另外两天用于处理突发的杂事，还有三天是怎么用掉的呢？答案是：他去温哥华儿童医院做了义工。这是邱振锋的秘密，海伦暂时还不知道，除非他想刺激海伦，要她擦亮眼睛，认清现实：我邱振锋就是这么一个人，只能帮助自己愿意帮助的人；能过就过，不能过就离婚。

潜意识里，邱振锋也明白维克托终有一天会停止对父母的依赖与纠缠，但只有在听到他如此沉着熟练地讲英语之后，他才突然意识到，这一天也许来得比他想象的要快得多。

好孩子，你配得上一个圣诞节的惊喜。

下个星期二，萨曼莎对邱振锋说："谢谢你，本森。我觉得我已经很有进步了。从明天起，我不用再上课了，不能再耽误你的时间了。"

"没什么，"邱振锋耸耸肩，话里有话地说："是我应该谢你。"

萨曼莎妩媚地笑了一下，那种媚入骨髓的笑把邱振锋看呆了。自从意识到这女孩子跟总编有私情，邱振锋对她就再也没了非分之想。偶尔，他也会琢磨：他们俩到底是什么关系呢？是阶段性的偷情还是长期的情人呢？但随即他又会笑话自己：你是谁？你管得着吗？

眼下，萨曼莎的笑把邱振锋的心融化了。他不禁又替她辩解起来：她也许并非随便的女子。萨曼莎并不漂亮，但是很耐看。她的脸蛋小小的，淡妆化得一丝不苟，尤其是眼影，颜色十分协调，细看能看出好几个层次。她的头发也总是既整齐又自然，要不是那个下雨的星期六，邱振锋亲眼见到她的头发被雨淋成了一头细卷，他真的会以为她的头发天生就那么有型呢。

坐在萨曼莎身边的时候，邱振锋眼前经常闪现出自己那个糟糠之妻的形象。海伦，人如其名，年轻时是个高大健壮的美人，这种美人不经老，现在年近四十，皮肤松弛，烫过的头发也不打理，乱蓬蓬地顶在脑袋上。海伦的脑袋也比别人大一号，据说这是聪明的象征。但现在大脑袋上顶着乱糟糟的头发，越发显得扎眼。海伦的不修边幅多少是有些刻意的追求，她是想向丈夫表白：我并非以色事人。邱振锋能够感知到这一层意思，但并不领情。

都说成功的男人背后有女人，漂亮耐看的女人背后又何尝没有男人呢？海伦一看就是人生失控的感觉，是那种既不服从丈夫，自己也没能力掌舵的女人。

"对了，上星期六你在办公室，到底做什么？"萨曼莎笑着问。

邱振锋无法判断萨曼莎在总编那里到底有多重的分量，于是就避重就轻地说："其实我还真没做什么损害公司的事，就是得意忘形，抽了一支烟。"

萨曼莎伸出自己的手，握住邱振锋放在桌上的手："我只是想帮你。你有什么需要我帮忙的吗？"

邱振锋又紧张又激动，想了想，说："还真有。你有时间逛商场吗？帮我儿子买一个圣诞礼物。"

萨曼莎露出不解的神情。

邱振锋便把事情的来龙去脉详详细细地告诉了萨曼莎。萨曼莎听完就笑了起来，她的笑一如既往的妩媚："你们这些男人呀，难道没听说过网购？"

"网购？"

"对呀，你在网上把东西买好，让他们直接送到公司来。你下班后带回家，放在储物柜里，到圣诞节前再拿出来，不就得了？"

邱振锋听得目瞪口呆，怎么想也想不明白到底这是怎么运作的。萨曼莎于是领着他到了前台，在自己的电脑上给他演示。她首先找到了一家玩具经销商的网站，然后按照分类找到了 Beyblade。

"瞧，这么多种，你要哪种？"

邱振锋两眼放光，自制力瞬间变得比维克托还低："要这个……要限量版……要礼品包装！"

圣诞节前的网购量比较大，送货比较慢，但尽管如此，在 12 月中旬之前，这件礼品包装 Beyblade 限量版也已经送到了报社。收到礼物的那天，萨曼莎给邱振锋打了内线电话，通知他到前台去取。邱振锋拿到之后就顺手放进了自己的抽屉里，而不是听从萨曼莎的建议，存放在公寓的储物柜里。

公司圣诞晚会照例在温哥华市中心一家面朝大海的酒店进行。香港老板来了，中国领事馆的人来了，报社的重要广告客户和本地的名流也来了不少。

邱振锋在广告客户群里看见了莎莉，听说她现在在温哥华已经有五家店了。莎莉穿得雍容华贵，手拿一杯鸡尾酒，正在和一个本地著名的房地产经纪人亲切交谈。莎莉远远地看到了邱振锋。她举起手里的酒杯，似乎是向他致意。邱振锋冷冷地朝她点了点头，然后转身忙自己的事情去了。

萨曼莎如愿做上了主持人。她穿着袒胸露背的礼服，艳光四射。邱振锋几乎完全认不出她了。几个爱八卦的女同事找到邱振锋，神神秘秘地打探："她的普通话发音到底对不对？"

"还好啦。"邱振锋淡淡地说，"也许有点儿山东口音。"

《华星报》是加西最大的中文媒体，但能让本报记者大显身手的华埠新闻实在是少之又少。这一年里最轰动的一件事就是一位香港演员的去世。因这位演员有加拿大国籍，所以她虽在香港去世，但家属决定把遗体运到加拿大来安葬。听说她的遗体要运到温哥华，《华星报》新闻记者全体出动，在机场围追堵截了整整三天。《华星报》的销量因此上升了百分之五。年会上，九位记者齐刷刷上台领奖，每个人都披挂着长枪短炮，不知道的还以为他们是刚从阿富汗回来的战地记者。

邱振锋今天晚上的工作也是照相，为广告客户留下精彩瞬间。他并不认识广告客户，给谁照相全凭广告销售员安排。艾瑞事先嘱咐邱振锋："人家广告部招呼咱们做什么，咱们就做什么，一年就两个晚上，很快就过去了。"邱振锋说："你放心吧。"

邱振锋远远地望着新闻部的几个获奖记者，不知不觉生出了羡慕。他想如果他能进新闻部，他应该比现在更快乐一点。虽然加拿大的华埠新闻鲜有大事，但比起特刊部的工作来说，还是会更有趣一些。

只需要再做那么一点点改变，他也许就能爱上自己的生活。

可惜他的时间表不允许。他要接送维克托。这种朝十晚六的有规律的生活，他至少还要再过上十年。

就差那么一点点。

每年有两个晚上，海伦会请了假在家看孩子，一次是邱振锋公司的圣诞年会，另一次是邱振锋公司的中式春茗。逢到这两个日子，邱振锋都无法躲开海伦。这天也不例外，他回到家的时候，海伦正坐在客厅里看电视。

看到客厅里坐着一个大活人，邱振锋全身都不自在："你怎么还不睡？"

"快到圣诞了，我就是想问问你：给维克托的圣诞礼物你是怎么打算的？"海伦朝他扭过身子，低领睡衣下的胸脯一起一伏。

"我都买好了。"邱振锋转身走进厨房，给电热水器装满水，按下开关。他目不转睛地盯着水壶，似乎在给壶里的水发功。

"买好了？什么时候？你怎么买的？"海伦从沙发上站起来，走到邱振锋身后。邱振锋能感到一股咄咄逼人的热气。

海伦完全知道他的困境。邱振锋也知道海伦知道他的困境。其实，给维克托采购礼物的工作由海伦来做是最合适的了。她每天快到中午才起床，起床后完全有时间逛商场，更何况她也经常这样做。只是，向海伦求助的话，邱振锋就是说不出口。

"网购的。"邱振锋喃喃地说。

"网购？"海伦瞪大了眼睛，"你也学会了网购？"

"怎么了？"邱振锋又得意又心虚。他很怕她追问："你跟谁学的？"他跟萨曼莎之间什么都没有发生，可他就是有一种偷偷摸摸的感觉。

但海伦完全没往那上边想。邱振锋用网购解决了问题，这让她有些扫兴。她本来想给邱振锋好好地上一课，让他意识到她父母的重要性。

"网购的质量行吗？会不会上当受骗？"她愣了两秒钟，然后不甘心地问道。

"看来你不经常网购。"邱振锋说。水开了，邱振锋把一袋香草茶放进杯子里，然后注入开水。

"东西在哪儿呢？拿给我看看。"海伦说。

"在我公司里。"邱振锋说，"我想圣诞夜再拿回来，不想过早让维克托发现。"

"要不我明天去你公司？"海伦问。

邱振锋有些恼羞成怒："你不要去我公司！你离我远点！"

"你这又是怎么了？"海伦脸上露出恼怒的表情。

邱振锋冷冷地一笑："怎么？还想打我一巴掌？"

海伦怔在那里。

"我累了，去睡觉了。"邱振锋转身进了卧室。

他把香草茶放在床头柜上，自己和衣坐在床上。黑暗中，他听到维克托发出的细碎的小呼噜。

客厅里无声无息。过了一阵，他听到海伦从客厅走进卫生间。他们这套两居室公寓只有一个卫生间。卫生间有两扇门，一扇开向主卧，一扇开向客厅。海伦从客厅进入卫生间洗澡，邱振锋能从主卧看到门缝下透出来的灯光，能听到哗哗的水声和嗡嗡的抽风机声。

海伦洗澡总是没完没了，弄得邱振锋越来越心神不宁。他把那杯香草茶灌进肚子里，然后蹑手蹑脚地走出卧室，穿过客厅，迈进花园，拉开铁门，上了黑暗的花园路。

天上下着毛毛细雨，邱振锋在街角站了片刻，不知是不是该回去取把伞，最后还是决定空手往前走。夜深人静，郊狼凌厉的叫声一阵一阵传来。几天前，《华星报》都市版登过一条消息：《市民在花园路附近目击郊狼，警方提醒夜晚小心出行》，估计现在叫唤的就是这条郊狼。

顺着声音，邱振锋不知不觉来到了那幢正在施工的高层公寓楼下。楼盘旁边有一片很大的空地，地块中央有一幢独立屋。空地上长满灌木，围栏已经破败不堪。邱振锋估计这块地的主人本来是想奇货可居，结果交易没谈拢。现在楼盘已经开建，这幢房子既卖不出好价钱，又无法住人。他站在围栏外，打量着已经只剩框架的空屋子。郊狼一声都不再出。残雨从树梢上滴下来，单调重复地坠落到破屋顶上，发出吧嗒吧嗒的声音。

报上说：郊狼其实害怕人类。城市中出现的郊狼都不是故意闯入的，而是迷了路。郊狼闯入城乡接合部是很常见的事，但要闯入城市的中心地带，却需要一连串高度的巧合，或者高度的不巧。

进来容易出去难啊！邱振锋不由得同情起这个家伙来。

它一定在暗地里观察着邱振锋。这狡猾的家伙，一定正站在某扇破败的窗前，目光深邃地注视着邱振锋。邱振锋用手轻轻地推着栅栏,寻找松动的地方。随后他真的听到了一阵窸窸窣窣的声音,这让他周身的汗毛一下子倒竖起来,情不自禁地停止了动作。再细听,声音来自身后。嚓、嚓、嚓、嚓,像是人的脚踩在薄冰上。邱振锋屏住呼吸,猛一回头,却看到一个印度保安。身材粗壮,大胡子,蓝制服。

"嗨!"邱振锋跟他打招呼。

对方板着脸,一点儿沟通的意愿也没有。

他们就那样僵持了几秒,随后那保安就装作若无其事的样子继续往前巡逻。当他侧身从邱振锋面前快速通过的时候,他那按在腰间棍子上的手在微微发抖。邱振锋感觉很扫兴,被别人当作坏人真是一点乐趣也没有。

邱振锋没了兴致,但也不知道该上哪儿去,于是就机械地迈着步子,如同孤魂野鬼一般向前挪动。他不知道自己这种窘境有多大的代表性。如果是走投无路,也许反倒容易被人理解。他的问题是:世界这么大,却没有哪个地方是他非去不可的。

他不禁又想起了萨曼莎今天晚上艳光四射的样子。主持这么一个小破晚会,都能给一个女孩子人生巅峰的感觉。年轻就是好啊。

他刚转过街角,郊狼又叫了起来,仿佛在招呼他回去。邱振锋忽然心有所动,觉得自己和那个倒霉的家伙竟有几分相似之处,都是又想见人,又怕见人。

放在裤袋里的手机这时震动起来。不用看,就知道一定是家里的号码。他犹豫了一下,但还是把手机拿了出来,按了接听键。电话里传来海伦的哭泣声。邱振锋静静地听着,什么话也说不出来。

学校从12月18日起就开始放假。一放假,维克托就只能整天待在托儿所了。20日下午邱振锋去接孩子的时候,老师给了他一张通知。通知上说明天托儿所组织孩子们去滑雪,要求每人必须准备一条雪裤。

接上维克托之后，邱振锋没有回家，而是直接将车开到了购物中心。维克托本来在热乎乎的车里打瞌睡，车门一开，见是购物中心，便死活不肯下车。

"爸爸，我求求你，让我在车里等你吧。"

邱振锋拿出通知给他看，可是维克托还不认字。邱振锋解释了半天，维克托才满腹狐疑地下了车。一进购物中心，圣诞气息扑面而来，悠扬的节日音乐像水一样，只要人心里有个缝就能钻进去。邱振锋的心一下子紧缩成一团，像是要在钝器击打到来之前本能地做出防御，但一切终归徒劳，他的心里到底还是有道裂痕。音乐挤了进来，一开始是涓涓细流，随后缝隙越开越大，快要把他淹没了。

他忽然想起有一年圣诞节前夕，自己被派到一个涉外饭店采访。在电梯里，他第一次听到了圣诞歌曲。音乐甜蜜、优美，却又有一种惆怅的勾魂摄魄的力量，仿佛顺着音乐往上飘，就能一路飘进天上的国度。他记得自己当时仿佛触了电一样，呆呆地立在原地，一步也走不动，就那么随着电梯一遍一遍地上上下下。

当时他根本不知道他们在唱什么。现在他能听懂歌词了：

"平安夜，圣洁夜。

万籁俱寂，大地明亮，

照着圣母与圣子。"

圣母是"virgin mother"，直译是"处女母亲"的意思。邱振锋听到这个词，不禁皱了皱眉头。他并非第一次听到玛利亚作为处女怀孕的故事，但从来没有像今天这么反感过。处女怀孕能避免胎盘植入吗？揭开甜美、空灵的音乐面纱，下面掩盖的竟也是一派胡言。亏自己当年竟然听得如痴如醉。

歌声不管不顾不紧不慢地继续：

"多么慈祥，多么天真，

静享天赐安眠，

如在天堂，如在天堂。"

邱振锋用力拉着维克托，低着头往前走，一心只想把购物这件事赶紧办完。维克托亦步亦趋地跟着，眼睛偷偷瞄着四周，又想看，又怕看。

一队十五六岁的年轻人在人群里穿行，像一条劈波斩浪的船。他们都戴着圣诞帽，穿着或红或绿的衣服，脸上带着半疯半傻的笑，见了孩子就发礼物。一个姑娘见到了维克托，立刻咧开猩红的大嘴，笑嘻嘻地递给维克托一个信封。维克托接过来，打开，只见里面有一只形状像拐棍的糖，还有一张圣诞贺卡，贺卡上最醒目的一个字是：Believe！

以前在中国学英语的时候，邱振锋只知道 believe 可以翻作"相信"。而他所理解的相信，是眼见为实，证据为王。到了加拿大，在真实的英语环境里待久了，邱振锋才逐渐体会到：believe 所指的"相信"恰恰是在没有证据情况下的硬信。比如破案剧里一个警察说："我 believe 他是凶手。"他的意思就是：我还没找到足以定案的证据。

同样，如果牧师说"我 believe 上帝创造了人。"那他的意思就是：他完全不在意进化论怎么说。

"爸爸，这个词念什么？"维克托指着卡片问他。

"believe。"邱振锋念道。

"这就是 believe！"维克托的眼睛亮起来，"爸爸，这样念：be-lieve！"

邱振锋模仿着维克托的口型，拿腔拿调地念了一遍，然后说："我觉得我跟你念得一样。"

"不一样，"维克托说，"你发音有点怪。"

"是吗？"邱振锋不置可否。

维克托现在还相信圣诞老人吗？邱振锋第一次从"相信"的角

度来审视维克托的要求。"不要当着我的面买""不要让我知道你买什么"。这很可能说明他已经不相信圣诞老人了,只是一时还不舍得放弃自己的执念。也许,在相信与不相信之间,有一个漫长的过渡,就像做梦一样,在完全醒来之前,有一个半梦半醒的状态。

想到维克托最终会和自己一样,连圣诞老人都无法相信,邱振锋心里又有些隐隐作痛。他低着头,微驼着背,默默地拉着维克托的手在人群中穿行。为了躲开玩具店,他刻意在商场里绕了一个很大的圈,最后才来到一家体育用品商店。

第二天早上来到托儿所,老师却告诉大家今天的滑雪活动取消了。昨晚降雪量太大,校车上格罗斯山会有危险。

老师和邱振锋说话的时候,维克托忽闪着大眼睛,一会儿看看这个,一会儿看看那个。他一直在怀疑昨天爸爸带他逛商场的动机。此刻,他的怀疑似乎得到了验证。

这是邱振锋在温哥华度过的第三个冬天。温哥华的冬天虽然降水很多,但因为温度低于零度的时间很短,所以即使下雪,也是来去匆匆。邱振锋经历过的最猛烈的一场雪是在 2007 年 1 月,那天早晨他出发的时候还是响晴白日的,走到半路,突然黑云压城,雪花像箭一样地射向挡风玻璃,一刹那间仿佛世界末日来临。邱振锋把雨刷器开到最大,战战兢兢地把车开到了公司。等到吃午饭时出来一看,雪已经停了,天上阳光灿烂,地上稍有积水。

但今年的天气确实有点特别。最近一个星期以来,温度始终没有回升至零度。12 月 24 日早晨,邱振锋带着维克托离开家的时候,外面又在下雪。邱振锋把车停得尽量靠近托儿所大门,然后拉着维克托深一脚浅一脚地走了过去。游戏室里只有两个孩子。越靠近圣诞,托儿所越冷清。有能力度假的家庭都已经去度假了。

维克托拉着邱振锋的手,依依不舍。

"爸爸,你别忘了。"他说。

"放心吧。"邱振锋自信地冲他眨眨眼。

"别忘了下午3点来接我。"

原来他怕自己忘记的是这个。每年的12月24日，托儿所都会提前下班，下午3点之前家长们就得把孩子接走。

"爸爸已经安排好了，薛奶奶下午会来接你。"

"可是……"他好像还有话说，但邱振锋果断地甩开了他的手，毅然扭头朝门外走去。从游戏室到大门口，有一段长长的走廊，长得像电影里的时间隧道一样。

今天公司里的气氛有些压抑。华人公司对于放假总是比较苛刻，连圣诞节的前一天都不肯让大家早走一分钟。偏偏今天天气又不好，每个人在上班路上都会多少出些状况，故而此刻大家坐在座位上，新仇旧恨，百感交集，心猿意马。

同事们越是心不在焉，就越是不会过来打扰邱振锋。他今天做的是简单重复的工作：补标点。省略号和破折号键盘上没有，需要使用菜单上的"插入"功能。翻译初稿的时候，为了不打断文思，邱振锋经常用其他符号来代替它们，现在必须把这些代用品删除，换上正确的标点。这项工作虽然不费脑力，但一上午紧盯着屏幕，也搞得邱振锋头昏眼花。

中午休息的时候，邱振锋端着午饭踱到窗前。哇噻，满天的省略号和破折号哎！那么大，那么沉，湿答答地斜着就从天上甩了下来。

再干一下午，邱振锋就大功告成了。他可以在圣诞夜把全书发给远在北京的亲爱的编辑。这是邱振锋送给自己的圣诞礼物。

就在这时，手机响了。一个陌生的号码。电话接通之后，对方自我介绍是薛姨的女儿小刘。小刘告诉邱振锋：她妈妈在路上滑了一跤，胳膊摔断了。

"怎么会？"邱振锋条件反射地问了一句。

小刘显然懒得细说，只是简单地说了一句："我妈让我告诉你，今天不能帮你接孩子了。"说完立刻挂了电话。邱振锋理解她的情绪。大过年的，家里突然出现一个病人，一定非常措手不及。但小刘话里的不耐烦让邱振锋觉得有些不公平，似乎薛姨的摔伤与她答应去接维克托有关。

邱振锋觉得自己也挺倒霉的。他今年已经没有年假了，要接维克托，就只能预支明年的了。这可真是开局不利啊！

他三口两口吃完饭，赶紧回到自己的座位上。过程之中，他并非完全没有意识到公司里气氛紧张，但他真心顾不上。就算小飞机又撞了大楼，又能怎么样呢？

同事们的脸色都不太好看。雪一直在下，外面的路况非常糟糕。公司里人心浮动，种种焦虑和不满慢慢地就被管理层察觉到了。下午2点，公司发出提前下班的通知。广播里传出萨曼莎娇滴滴的声音。邱振锋既听不懂，也不关心，他的注意力全在自己的工作上。他用眼角的余光看到艾瑞拿起包往外走，似乎是要提前下班，于是赶紧说："等一下，我这儿有个请假单要你签字。"艾瑞接过单子一看，哭笑不得地说："本森啊，我跟你说了多少次，你要学广东话！"

见邱振锋还在那里发愣，艾瑞说："放假啦！走人啦！"

转眼之间，办公室已经空无一人。

维克托见了邱振锋很高兴："爸爸，真的是你！我就知道会是你！"然后他拎起书包，冲着那两个蔫头耷脑玩积木的小伙伴大声宣布："我可以回家啦！"

邱振锋把车开进公寓楼的地下车库，然后拉着维克托的手走向电梯。路过储藏室的时候，他看到薛姨的女婿正从他家的储藏柜里往外拽一只黑色垃圾袋。垃圾袋支棱八翘的，很不好拽。薛姨的女婿哭丧着脸，有些气急败坏。

邱振锋上前一步，帮他托了一下垃圾袋的底。袋子总算出来了。薛姨的女婿打开垃圾袋，一股酸臭味扑面而来。

"这都什么呀？"他皱起眉头，一脸嫌恶的表情："人都躺在医院了，还惦记着这些破烂。"

邱振锋自然知道那是什么，但他没说。他只是问："到底出了什么事？"

"听说是早晨散步时遇到了郊狼。"

邱振锋眼前闪过薛姨瘦小的身影。郊狼一般不攻击成年人，但是连续几天被困在那幢破屋子里，饿得头昏眼花，也很有可能把身高一米五的薛姨当成孩子。

想到薛姨，邱振锋不知为什么若有所失。穿过两道防火门，刚走进电梯间，邱振锋心里突然一沉：维克托的圣诞礼物还在我的办公室！

本来计算得好好的，24日下班时带回来，没想到今天先是得知薛姨住院，再又得知公司提前放假，一惊一乍，乐极生悲，就把礼物的事儿忘了。

邱振锋心烦意乱，但也只能强作镇定。进了家门，给维克托打开电视，邱振锋假装思考煮什么晚饭，在开放式厨房来回踱步。踱了一阵，他穿过客厅，走到落地窗前察看。天空是铅灰色的，花园里的滑梯被厚厚一层雪包裹着，显得圆鼓隆咚，憨态可掬。雪还在下，满天的省略号和破折号。

邱振锋下了决心："维克托，爸爸公司里突然有事，你能陪我回一趟公司吗？"

维克托看也不看邱振锋一眼，胸有成竹地说："你自己去吧，我就在家看电视。"说完，还笑眯眯地补充了一句："维克托不会乱翻的。他不翻柜子，也不翻床底下的箱子。"

邱振锋一本正经地说："你不能自己待在家里，这是法律。一旦被人发现，你爸爸就得坐牢，而你会被送往寄宿家庭。在圣诞夜换地址是一件可怕的事，圣诞老人会找不到你的。"

维克托的眼睛滴溜溜地转了几圈，将信将疑地说："好——吧——"

一楼的新闻部还有几个人在工作。他们看都没看邱振锋一眼。邱振锋拉着维克托到了二楼，把他安置在二楼会客室里，然后走进自己的办公室。

办公室里空无一人。邱振锋拉开抽屉，拿出包裹，又取了一只印有报社标志的大环保袋，将包裹套在里面。这个年关就算过去了，邱振锋轻舒了一口气。

正当他准备全身而退的时候，瘦瘦高高的新闻部的头儿出现在了门口。和上次不一样，这次他不是瞄一眼就走，而是停在门口，一副要跟邱振锋长谈的架势。

"你好！"他说："你是，你是……"

"本森。"邱振锋说。

"本森，对，本森。幸亏你还在。你能不能帮我一个忙？"不等邱振锋回答，他就一口气说了下去："温哥华市的降雪已经达到了十五厘米，但市内主干道上还没有出现铲冰车。我们给市政厅打电话，可是电话没人接，我们需要派一个记者去了解情况。新闻部现在人手不足，你能去一趟吗？"

"当然能啊！"邱振锋说，"这还用问吗？"

刹那间，邱振锋内心的荒原上升起了一轮太阳，那些省略号啊，破折号啊，在太阳的映照下，全都变成了点点闪耀的金光。

这不正是自己需要的那一点点吗？

今天真是走了狗屎运了。

他们进办公楼的时候，外面还薄有天光；等他们出来的时候，天色已经完全黑了下来。其实现在才不过下午4点。

邱振锋带着维克托来到了停车场。等他坐好后,邱振锋打着火,松刹车,然后一头扎进了暴风雪里。等车开上了大路,邱振锋对维克托宣布:"有一件很重要的事情需要爸爸去做,而且需要你陪爸爸去做。"

"饿了!"维克托不满地说,"我要回家!"

邱振锋用劝诱的口吻说:"我们要去的地方有个圣诞大 party。有很多小点心,还有你妈平时不让你喝的可乐。你觉得怎么样?"

"就要回家!"

"你不是真饿,"邱振锋失去了耐心:"别闹,我肯定带你回家。"

维克托开始踢座椅靠背。

"好吧!"邱振锋让步了,"一会儿经过 7-11,我停下来给你买包薯片。"

"一言为定。"维克托安静了下来。

邱振锋总算可以专心开车了。漫天飞舞的雪花,好像无数重帘幕挡在前进的路上,冲破一层,还有另一层在后面等着。

原来温哥华是座山城啊!邱振锋一直以为温哥华是平原呢。地上一旦有积雪,再微小的坡度也会把驾驶的困难放大。连续看到几辆车抛锚在路边,邱振锋终于感到后怕了。自己的车既非四轮驱动,也没有装防滑链。他开始后悔,也许应该向公司借一辆更给力的车再出来。

雪天的路况很难预测,有些路堵着很多车,有些路却一辆车都没有。邱振锋尽量挑车少的路走,以便减少使用刹车。有一次,在上坡路上遇到了红灯,他见交叉方向上没有车,便硬着头皮闯了过去,因为他担心一旦停车,就再也发动不起来了。他成功了,但他的心情却轻松不起来,因为越往前越难走,每一个路口都令他提心吊胆。厚厚的积雪遮盖了马路牙子,人行道消失了,马路不真实地宽阔起来。幸好还有两排黄色的路灯，飘浮在白色的河流之上，有气无力地界定着河道的宽度。

维克托突然叫起来："爸爸，你刚错过一个7-11。"

邱振锋猛一抬头。的确，一个7-11正在后视镜里徐徐后退。

"我们马上就要到目的地了。"邱振锋安慰他，"现在不适合掉头。"

"你说话不算数，你是个坏爸爸！"维克托的耐心也到了极限。他大叫着抗议，同时用力猛踢着邱振锋的座椅靠背。邱振锋一分心，马上就感觉到车轮在打滑，车身失去控制，朝着路灯撞过去。那种瞬间失控的感觉是邱振锋从来没体验过的，刹那间他的每一根寒毛都竖了起来。他本能地反打方向盘，同时使用点刹法降速，车速终于降了下来，滑行了一段距离之后，停在了马路中央。

邱振锋被吓出了一身冷汗。等车完全停稳之后，他气急败坏地大喝了一声："老实点！再闹，今年就没有圣诞礼物了！"

"你说了不算！"维克托也使出了全身力气愤怒地大叫。

"我说了不算？我说了不算？"邱振锋脑袋一热，带着两败俱伤的决心吼道："你的圣诞礼物就在车上，我说不给你就是不给你！"

维克托一下子老实了。

邱振锋深深地吸了一口气，然后打着火，轻踩油门。车轮一阵空转。邱振锋心说不妙，立刻把火熄了。他抬头察看，原来他正停在一段上坡路上。一条大约两公里长的白色的带子，在他眼前缓缓地展开，升向天际。

"这下好了，"邱振锋气急败坏地说，"咱俩就在车上过圣诞夜吧。"

话虽如此，邱振锋还是不甘心。他重新发动了车子。发动机有力地响了起来，车轮却并不往前走。邱振锋用力踩下油门，发动机发出愤怒的嘶吼，车轮飞快地转动起来，将雪从轮子下刨起，纷纷扬扬撒向后方。车在雪中越陷越深。

雪借着夜色的掩护，劈头盖脸地落下来，分不清哪些是省略号，哪些是破折号。

半个小时过去了，邱振锋还停在原地。间或有车从旁边经过，但是没有人敢停下来帮忙。毕竟这是条巨长的上坡路，谁都不愿意冒搁浅的风险。邱振锋试探性地给911打了个电话，接线员告诉邱振锋：全市的救援车都在路上忙着，等待时间为四小时至五小时之间。

就在邱振锋打电话的时候，维克托翻过后排座椅，进入了后备厢。邱振锋的车是一辆奥德赛，后备厢与座位是相通的。

"你要干什么？"邱振锋问。

维克托不知按了什么机关，后车门一下子就被掀开了，一团冷气冲进车内。

他抓起后备厢里的东西，一件一件地往外扔。"我们把这些东西垫在车轮下，"他一边扔一边回头冲邱振锋解释，"我在电视上见过。"

邱振锋本想制止他，但转念一想，试试也无妨，于是他半信半疑地下了车，绕到车的后面。后备厢里的东西还真不少，什么运动鞋啊，网球拍啊，旧杂志啊，有些东西都已经失踪一年多了。

维克托抓住一个塑料袋，正要往下扔，邱振锋急忙拦住了他："嗨，那个留着。"

"这是什么？"

"滑雪裤。"

"没事，脏了再洗。"

"这是新的。过两天我要去退了它。"这就是那条一次也没穿过的滑雪裤。今年不会再有滑雪机会了，明年又该买大一号的了。

"好吧。"维克托很爽快地放下了塑料袋，然后又拎起了印有报社标志的环保袋。

"别动!"邱振锋大喊一声,"那个也留着。"

"这是什么?"

邱振锋迟疑了一下才说:"你别管!"

维克托的眼睛一下子亮了起来。邱振锋忽然意识到:这小子可能是找了个借口来翻圣诞礼物。如今的孩子怎么都这么狡猾呢?

果然,维克托打开环保袋往里一看,立刻眉开眼笑地紧搂着那个袋子:"我的!"

"你先放下。"邱振锋说。

"你说了不算!"维克托说。

邱振锋一个箭步冲了过去,真想狠狠揍他一巴掌。正在这时,两道光柱从背后射了过来。邱振锋一惊,先是原地站住,然后回身观望。只见一辆破破的卡罗拉停在了车后三米左右的地方。

从车上下来一个魁梧的男子。他穿着一件黑大衣,头上戴着圣诞老人的红帽子,腮帮子上粘着一缕白胡子。

"嗨,你们肯定需要帮忙吧?"他的声音十分洪亮。

邱振锋看了看对方的车,心想谁帮谁呀,但心里非常感动。他知道对方是冒着自己抛锚的风险停下来的。

红帽子男子观察了一下车轮四周散落的东西,朝邱振锋伸出了大拇指:"干得不错!"

"是我的主意!"维克托开心地喊着。

"哦,伙计,那就快下来帮忙吧!"他朝维克托招了招手。

维克托把环保袋放下,扑通一下跳下车。三个人一起动手,将那些杂七杂八的东西垫在车轮前进的方向上。红帽子对邱振锋说:"现在你回去,点着火,试一试。"然后又对维克托说:"伙计,你也回去吧。"

维克托爬上车。邱振锋坐回到驾驶室里,打着了火。车轮似乎真的吃上了劲儿,但是转了大约半圈后,就又开始空转了。

"别停!"红帽子朝邱振锋喊。他把车后门用力一关,两只手搭在车门上,弓起腰。邱振锋感到一股强大的动力从后面传来。他心里一热,不知不觉加大了油门。车在向上爬,艰难地攀越那些杂物构成的支撑。与此同时,这些支撑物又被更深地压进了雪里。就在邱振锋感觉成功在望的关键时刻,那股强大的动力忽然消失了,惯性与前驱力又呈现出胶着状态。邱振锋往后视镜里一看,红帽子男人正在低头查看自己的大衣,原来他的大衣袖子在胳肢窝处裂开了一道大口子。邱振锋心里愈加过意不去,但更让他没想到的是,红帽子男子三下两下把大衣脱了,扔在地上。

他把大衣一脱,便露出里面全套的圣诞老人装扮。邱振锋还没明白过来,就见"圣诞老人"伸了伸胳膊,然后再次弓下腰,两只手搭在后车门上,重新发力。车终于缓缓地起步了,起初跟跟跄跄,然后平稳起来,好像一条船,顺着银河向天空飘了过去。

"别停车!""圣诞老人"朝邱振锋大喊。

就在这时,邱振锋听到哐的一声,随后一团冷气冲进了车里,他抬头一看后视镜,原来后车门又被打开了。他心里一惊,猜到是维克托打开了后车门。但维克托人呢?邱振锋紧张地盯着后视镜。车子又往前开了几米,透过后视镜,他看到雪地上趴着一个小身子。

维克托跳车了。

邱振锋情不自禁地把踩在油门上的脚掌抬高,车速立刻降了下来。"圣诞老人"冲他大喊:"别停车!"

邱振锋知道车一旦停下来,就再也走不动了。他狠狠心,再次把脚掌压向油门。车子重拾速度,向前缓缓移动。

车又往前开了几米,邱振锋才突然醒悟过来。他意识到自己做出了一个决定,一个抛弃维克托的决定。他的脚掌情不自禁地抬了起来,他感觉自己的腿在微微发抖。在这个大自然对人类充满敌意的夜晚，他怎么能把维克托留给一个陌生人？他的脑子里好像有一匹脱缰的野马，种种沉睡的记忆被搅扰起来——关于人类可能犯下的罪行的记忆，有来自真人真事的，也有来自电影小说的，可怕的、罪恶的、血腥的、黑暗的……省略号、破折号……

不，不可能。维克托不会有事的，那是一个好人，一个"圣诞老人"。他试图打压自己的胡思乱想，可又分明能感觉到自己的否定是如此无力。问题不在于对方是好人还是坏人，问题在于自己的决定。邱振锋呼吸急促，心头又痒又痛。

他狠狠地眨了眨眼睛，仿佛自己内心的邪恶隐藏在自己的上下眼皮之间。想到可怜的维克托有一个如此厌憎他的父亲，他的鼻子一酸，眼眶微微湿润起来。眼珠被几滴水滋润了之后，目光的焦点就有了变化。他眼前光明与黑暗相交相缠的深邃幻觉消失了。透过后视镜，他真真切切地看到"圣诞老人"往前紧走几步，抱起了维克托。维克托小小的身子被裹在"圣诞老人"宽阔的怀抱里。

他再次狠狠地踩下了油门。这一次完全是有意识的，清醒的，决绝的。车子越开越远，邱振锋越来越难以分辨出维克托的身影。再往后，连"圣诞老人"也变小了，变淡了，与铺天盖地的白雪严丝合缝地混在了一起。

向前开了大约两公里，眼前才豁然开朗。上坡路终于到了尽头。邱振锋把车停在路边，绕到后侧，打算把车门关上。关车门之前他往后备厢里瞥了一眼，环保袋果然不见了，维克托一定是抱着它跳的车。邱振锋把手搭在高高翘起的车门上，用力向下一拉。车门纹丝未动，估计是机械部分已经结了冰。他把双臂搭在车门上，双腿用力起跳，在下落的时候全身一起发力，企图用身体的重量把车门压下来。这次车门让了步，邱振锋却在车门关上的刹那失去了平衡。

他先是仰面朝天摔倒在雪地上，然后头朝下顺着斜坡向下滑去。他本能地全身抱成一团,把头埋在自己蜷起来的双膝之间。这样一来,他就像个陀螺似的滚得更快。积雪顺着他的衣领灌进去,刀子般地切割着他的后脖颈。在天旋地转之间,他的眼前竟然闪现出他与海伦初见的场景。他在刹那间产生了顿悟:一切的苦难一切的罪恶都是因为这一副皮囊。

他清醒地意识到自己处于危险之中。如果这时候有一辆车朝他开过来,那他绝对死定了……不过,他也许就因此解脱了……

如果上天再给我一次机会,我要拿这副皮囊做些什么呢?纯属假设,纯属假设,想想也无妨……

感觉自己越滚越快,他狠狠心,打开四肢,让身体呈现出一个"大"字。如此一来,下滑的速度开始降低,头部却暴露在外。他的脑袋狠狠地撞在马路牙子上,一股鲜红的血喷射出来。在彻底失去知觉之前,他看到自己站在悬崖上,正在安静地观赏日出。荒原之上,乌云之下,一点点鲜艳透明的红色正在缓缓升起,慢慢晕染着天际。那个站在悬崖上的人张开嘴,似乎欲言又止。

两天之后,邱振锋苏醒在医院里。他睁开眼一看,海伦坐在他床前,哭得眼睛都肿了。

"发生了什么事儿?"邱振锋试图坐起来,却发现自己全身都使不上劲儿。再仔细一看,他的右腿被裹上了石膏,高高地吊在那里。

邱振锋在医院里住了半个月,在家里的床上躺了两个月,然后又经过了三个月的康复训练。他那条骨折过的腿恢复得不错,虽然走起路来有些轻微的一瘸一拐,但不仔细看根本看不出来。

在邱振锋卧床不起的时候,海伦给自己的父母申请了探亲签证。两位老人来到温哥华,既照顾外孙又照顾女婿,一句怨言都没有。等到邱振锋能下地行走了,两位老人立刻就提出回国。邱振锋赶紧跟海伦商量,由海伦出面挽留二老。

但如果老人打算长住,他们这套两居室无论如何有些拥挤。海伦手里本来已经有了十多万元，她一直就想在朗加拉花园买一套三室两卫的公寓。如果用这十多万付首期，他们就要背上三十万的房贷。在邱振锋住院治疗期间，《华星报》给了他两个选择：一是公司先招一个临时工，等邱振锋康复后再回公司上班；二是邱振锋退职，公司给他一笔相当于两年工资的伤残补助金。有一天，海伦看到朗加拉花园有一套公寓出售，正是她一直心仪的房型。邱振锋当机立断，向报社提出了退职申请。

他拿到了约五万元的补偿金，极大地减轻了房贷的压力。海伦听说他肯离职，感动得热泪盈眶，搂着他亲了又亲。邱振锋则轻描淡写地说："我这可是为了维克托，听说朗加拉花园对应的高中有IB课程。"

邱振锋失去了《华星报》的工作，从此便专心做起了翻译。

第二年，温哥华市提前购入了多辆铲雪车。自2008年到现在，该市的交通再也没有因暴风雪而发生过瘫痪。

那天晚上将邱振锋送到医院的，正是卡罗拉车上的"圣诞老人"。他叫桑德斯，原本是一位测绘工程师。他在圣诞节前一个月失了业，扮演"圣诞老人"是他的季节性兼职。遇到邱振锋的时候，他刚从商场下班，正走在回家的路上。

桑德斯三十多岁，性格像一个大孩子。他没有结婚，却有个七岁的女儿，孩子由母亲抚养。邱振锋和桑德斯成了朋友，他经常请桑德斯喝酒。海伦虽然不喜欢桑德斯，但念在他救过自己丈夫一命，也就听之任之了。

桑德斯喜欢冰上运动。他是自己女儿所在的冰上圈球队的教练。

冰上圈球的规则和冰球差不多。第一，两者都是冰上运动；第二，两者都要运用球杆把球打进对方的球门里。区别也有两个：一是球，二是球杆。冰上圈球是用一根直杆去推动一个貌似多纳圈的橡胶圆环。

网上说：冰上圈球是起源于加拿大安大略省，专门为女子而创设的冰上运动。但桑德斯却说："其实根本不是那么回事，冰上圈球男女都能打。"

邱振锋说："可我在你的队里只看到女孩儿。"

桑德斯就对维克托说："嗨，哥们儿，我觉得你够岁数了，应该跟我去打球了。"

邱振锋想阻止，维克托却欢天喜地地答应了。圣诞老人要他做的事，哪有不做的道理？

海伦倒是赞成维克托打冰上圈球。她打听过：冰上圈球对滑冰技巧的要求很高，作为冰球的入门训练很不错。只要桑德斯能让维克托爱上滑冰，过两年他们完全可以把维克托转到冰球队去。在海伦看来，冰上运动是加拿大的主流活动，学了有益无害。

2009年冬天，六岁的维克托开始学打冰上圈球。邱振锋虽然对这项运动心存疑虑，但也乐得每周能有两个晚上名正言顺地离家外出。维克托拖着一只跟自己身高差不多一样长的冰球包进了更衣室。等到十几个小孩子踩着冰鞋，像一群小鸭子似的走出更衣室时，邱振锋完全看不出哪一个是维克托。所有的孩子一律武装到牙齿，安能辨我是雄雌？

等孩子们开始了训练，邱振锋就走出冰场。温哥华冬天的雨水很多，却也很少瓢泼大雨，总是那么淅淅沥沥若有若无地下着。从前，这点雨对邱振锋根本不算什么，但现在，在雨中行走有时会令他骨折过的腿隐隐作痛。

如果腿疼得厉害，他就会站在冰场大门的雨檐下，朝黑夜的深处张望。腿疼减轻了，但头骨又会隐隐作痛。那一次从斜坡上滑下来，他不仅摔断了腿，也磕破了头，只不过头部的伤不像腿部的伤那么引人注目罢了。

家人的关注点都在他的腿上，只要他能走路，大家也就释然了。

只有他自己能够感知头部的伤。比如说，他的记忆力就比从前差了很远。

他隐约记得在失去知觉之前，曾经想到过一句话。那不是一句普通的话，而是一个事关人生意义的判断。

假如上天再给我一次机会，我一定要……

我一定要……

一定要什么呢？偏偏那最关键的几个字，他怎么也想不起来了。就差那么几个字。

在那千载难逢的一瞬间，他那一团混沌的人生被劈开了。大地裂开一道缝，岩浆喷薄而出。那是他生命秘密的核心。如此真实，如此灼热。即使在这寒冷的雨夜，他也依然能够感觉到它的温度。那几个字……曾经占有过他，就在他的意识的前台，就在他大脑的前额叶上……就差发音了。

就差那么一点点，一点点……

路线图

父母拿到了赴加探亲签证后,安泊就给自己的电话加装了"中国回拨"。这样一来,他们从石家庄给她打电话,她就可以在温哥华结账了。父母的电话虽然频繁,但内容重复,每次均以忧心忡忡的"我们听说……"开头,以半嗔半怒的"你不早说!"结束。安泊呢,一方面对他们的小题大做不以为然,一方面也颇有几分得意。她降生到这个家庭已经三十七年了,这回终于占了上风,成了家里唯一通晓涉外事务的人。

可惜,为父母到来而筹划的另外一件事——把主卧室腾出来,却让安泊显出了力不从心。安泊家里共有三间房:一个主卧室,两个单人房。眼下占据主卧室的,是安泊和她七岁的女儿爱莉丝。爱莉丝不肯独自睡觉,这是腾出主卧室的唯一障碍。安泊曾为此制订了一个路线图。第一步,减轻爱莉丝独自入睡的心理难度。安泊会在离开卧室前向她保证:一旦你睡着了,妈妈就会回来陪你;只要爱莉丝迈过了第一步,安泊就可以实施第二步:不再回主卧室,而是改去自己的书房兼卧室睡;如果在第二步上获得成功,那就意味着爱莉丝能够接受分离,接下来的第三步——将她搬到另一间单人房去,就可以水到渠成了。

一个相当完备的计划,可惜没有得到有力的执行。七个星期过去了,两人还在第一步上拉锯。

11月的第一个星期日,是北美国家从夏令时改回标准时间的日子。自春天起被剥夺的那一个小时,终于可以发还给安泊了。这天晚上,时针刚指向9点,安泊就迫不及待地催爱莉丝上床睡觉。爱莉丝抗议说:"我还根本不困呢。"安泊则声称:困意是需要培养的。爱莉丝不情愿地爬到床上,眼皮虽然合上了,可眼珠子还在不安分地转,嘴角上也还挂着一抹似笑非笑。安泊假装没看见,不由分说熄了灯,反身把门关上。

安泊轻轻地下了楼,走进客厅,坐在沙发上,打开电视,并把音量调到最低。她想看一集破案剧。只要是破案的,哪个系列都行。她从不曾刻意去记节目表,就算记住了,不能按时坐在电视机前也是白搭。反正每晚7点至11点之间总有破案剧:Cold Case(《铁证悬案》)、Without a Trace(《寻人密探组》)、CSI(《犯罪现场调查》)、Law and Order(《法律与秩序》)……眼下,她拿着遥控器一下一下地按,直到看见一个美艳的女子穿着一件红披风,在夜深人静的纽约中央公园里仓皇疾行。那件披风红得太纯正了,完全不是暗夜中肉眼可能看到的颜色。安泊一下子就被吸引住了。这种超现实的摄影风格,不像她熟知的上述任何一个系列。

电话铃突然刺耳地响了起来。安泊打了个愣怔,随即醒悟到声音并非来自电视。她叹了口气,从右后方的茶几上抓起听筒:"喂——"

"安泊,你们那儿几点了?"这是安泊妈妈杨老师永远的开场白。开场白结束之后,才会轮到"我们听说"。

"9点多。"安泊说。

"什么?"杨老师有点吃惊。

"改成冬令时了,现在北京时间比温哥华时间要早十六个小时了。"安泊的眼睛还盯在电视上。

"啊?你不早说!"

"这有什么要紧?你来了,自然就知道了。"

"好吧,"杨老师大度地表示,"这件事就先不谈了。"杨老师退休前是重点中学的理科教师,说话有板有眼,喜欢使用完整句。

"嗯。"安泊含糊地发了一个音节。在与母亲的对话中使用单音节词,这是安泊新近养成的习惯。

片名跳了出来,原来是Castle(《灵书妙探》)。难怪,Castle的主角是个名叫卡索的侦探小说作家。这么不真实的场景,一定是卡索正在酝酿的小说片断。

"我想跟你商量一件事。"杨老师停顿了一下,似乎是犹豫,又似乎是强调。

但安泊依旧只是含糊地"嗯"了一声。

镜头切入警察局内景,作家卡索、美女警长贝克特,以及另外两个警察正在讨论案情,犯罪现场的照片就摊在桌子上,穿红披风的女子倒在血泊中。尽管是室内、白天,披风的颜色却比刚才暗淡了许多。终归还是剧情里的犯罪,安泊有些失落。

"我和你爸,现在越来越难住在一块儿了。"

"嗯。嗯?"好像有人扯着她的头发往上拎,安泊不由自主地坐直了,并且迅速往旁边偷瞄了一眼。一刹那间,学生身份重新附体,仿佛上课走神被老师抓了现行。更糟的是,身边没有同党可以提词儿。

"你,你刚才说什么?"不知不觉间,她又恢复了使用完整问句的习惯。

"我说，我再也不想跟你爸睡在一张床上了。"杨老师吐字十分清楚。

"噢！"安泊举着话筒的手僵在那里，脸莫名其妙地红了。她还不习惯跟老师在课堂上讨论隐私。

电话双方都沉默了片刻，直到杨老师轻轻咳嗽了一声："我想请你帮个忙。"

"好，好，说吧。"

"你不是有两个空房间吗？"杨老师有条不紊地说，"到了温哥华，我就和你爸分开睡。不过，你得跟你爸说这是你的安排。"

"为什么？"安泊咽下去的半句是："要由我来安排？"

"你那两个房间都很小，放不下双人床。"杨老师实事求是地指出。

安泊挺直的后背又塌了下去，整个人深陷在沙发里。自父母拿到签证以来积累的心理优越感在瞬间灰飞烟灭，眼睛也不知该往哪儿看了，目光不经意间又飘回了电视上。卡索和贝克特来到一个陌生的地方，与一组陌生的人物对话。安泊已经被剧情甩在了后面。

恰在这时，爱莉丝的喊声从楼上传来："妈妈，妈妈。"这声音好像导演的"停！"及时地把安泊从这场戏中抢救了出来。

"我得去看看。"安泊赶紧把电话挂了。

安泊住的是一幢三层的镇屋（townhouse），也就是国内所说的连排。一楼是车库和储藏室，二楼是厨房、餐厅和客厅。三楼有三个卧室。对这套房子最恰当的评价就是：功能齐全。

这幢房子是2007年买入的，距安泊移民加拿大正好一年。那年春天，加拿大华人中间突然兴起了买房热，以至于会说中文的房产经纪发生了严重紧缺。安泊自认英语够用，所以雇了个洋人。那人叫文德尔，称自己也是移民，来自新西兰。第一次见面，安泊就对文德尔说："我要买一幢镇屋，做我的中途房（halfway house）。"此言一出，文德尔吃惊得下巴都快掉地上了。安泊虽觉有异，却没有深想，只是一味顺着自己的思路往下解释：她不想住公寓，那会让她产生还没离开北京的错觉；她也不想贸然搬进一幢独立屋，因为，尽管她初来乍到，她却看过不少书，对住独立屋可能面临的麻烦略知一二。雷蒙德·卡佛笔下就有个心不在焉的女画家，因为疏于照管花园而遭到邻居的白眼。文德尔用手托住自己的下巴，一边听一边点头，慢慢地恢复了正常。

此后的选房、购房均十分顺利。置业这一章就算写完了。但不知为什么，关于"中途房"的那一页，却会时不时地在安泊眼前自动翻开，让她不情愿也得看，就像现在这样。

也许是和"中途"这个词儿有关？安泊一边想，一边拖拉着脚步上楼。

"妈妈，你打电话都把我吵醒了。"从主卧室虚掩的门里，清晰地传来爱莉丝的抱怨。更确切地说，是以抱怨来伪装的得意。

安泊叹气："又让你找到借口了。"

一个七岁女孩子的咯咯的笑声。

安泊走到主卧室门前，把手搭在虚掩的门上。她清楚地记得自己离开时已经把门关紧了。虽然心里恼火，可是在推门的一瞬间，她还是轻轻活动了一下脸部肌肉。等到门完全打开，她的笑容也在黑暗中绽放出来："亲爱的，对不起。"

像一只警觉的猫，爱莉丝一直在密切注意着门外的动静。她先看到门被匀速推开，然后看见一个黑影完整地出现在门口。听话听音，她判断那个黑影虽然生气，但还没到气急败坏的程度。

"她不是还有两个星期就要来了吗？"爱莉丝问。看来她什么都听到了。

"是的,所以我们得加紧准备。"

"除了换房间,还有什么?"

黑影挥了挥手,简短地说:"你先睡觉吧。"

"告诉我嘛,要不然我睡不着。"爱莉丝身手敏捷地坐了起来,"再说,我也能帮你出出主意啊!"

"唉,好吧。"黑影的口气竟然放松了。仔细听去,话音后似乎还有拖长的叹息。

爱莉丝喜出望外:"过来,坐在床上。"她拍拍身边空着的部分。

黑影弯了下来,矮了下去,落在床垫上。床垫颤巍巍地吸收了冲击。安泊在黑暗中都能感觉到爱莉丝嬉皮笑脸的样子。

安泊打开了台灯。黑影消失了,妈妈出现了,有血有肉。

爱莉丝眯着眼,喜滋滋地望着自己的猎物。

突然改变的布光让安泊也情不自禁地眯起了双眼。

爱莉丝手脚麻利地把自己身上的被子蒙到安泊的腿上,"别冻着。"再把自己的枕头拍一拍,垫在安泊身后,"来,说吧。"

被子带给安泊温暖,枕头带给安泊柔软,再加上爱莉丝那双爪子似的小手在安泊身上拂过来拂过去。安泊的决心,一点一点地融化了。为什么非要让孩子独自睡觉呢?谁规定的?

安泊望着爱莉丝,没头没脑地说:"要不,就这样吧。"

"你说什么呢?"

"你姥姥说,她想和姥爷住在另外那两个小房间里。既然这样,咱们也就不用训练了,咱俩继续在一起睡吧。"

"那怎么行?"本来心满意足靠在床头的爱莉丝,这时突然上身挺直,下巴扬起,进入了战斗模式,"你不想让我做个加拿大人了?"

这反应大出安泊意料,"你,你不是不喜欢一个人睡吗?"

"你怎么能那么轻易就放弃呢?"爱莉丝的笑容里带着讽刺。

安泊真有些气急败坏了:现在的孩子怎么都这么狡猾呢?

七个星期前,当安泊宣布自己的培训计划时,她的理由是这样的:"人家加拿大人的孩子都是一出生就自己住一个房间,你都七岁半了,早就应该独立睡觉了。"

这是安泊第一次拿加拿大标准来要求爱莉丝。在这之前,一直都是爱莉丝以加拿大标准来要求安泊。

这方面最让安泊刻骨铭心的例子是"牙仙女"事件。本地有个"牙仙女"的传说:小孩子的乳牙掉了,要把它包好,放在床头柜上,早晨一觉醒来,牙不见了,取而代之的是一枚硬币。大人会解释说:这是牙仙女给你的奖励,因为你每掉一颗牙,就意味着你又长大了一点。

爱莉丝五岁半来到加拿大,英语从零开始。等到能跟同学们交流了,才听说还有牙仙女这么一个神奇的存在。但这时她已经白白掉了两颗牙,为此她很不甘心,经常跟安泊念叨:牙仙女怎么不来看我呢?

安泊一拍脑袋,想出了一个自以为幽默的答案:"你初来乍到呗,人家牙仙女两年才做一次人口统计呢。"

接下来,在牙仙女的领土上生活了两年零四个月的爱莉丝掉了第三颗牙。当天晚上,她把那颗小破牙郑重其事地包好,放在床头柜上。第二天早晨起来一看,牙还好好地待在那儿呢。爱莉丝急了,举着那个小包冲进厨房,质问正在准备早点的安泊:"怎么还没统计出来呀?"

安泊讪讪地笑:"成年人学东西总是很慢,你要理解。"

爱莉丝扑通往椅子上一坐,沉默了一会儿,又问:"你说,这会不会是歧视?"

"当然不是！"安泊一惊，牛奶洒到了台面上。那一瞬间，安泊的内心宇宙里发生了一次小小的塌方。不过她随即就恢复了镇静："她已经学会了，我向你保证，她再也不会忘了。"

第二天早晨，爱莉丝在床头柜上发现了一枚鲁尼①。

"怎么样，牙仙女来过了吧？"安泊讨好地问，"绕了点小小的弯，但最终她还是找到了方向。"

"这分明就是歧视！"爱莉丝斜视着手里的鲁尼，"我的加拿大同学都能得到一个突尼②。"

"看来，你只能晚点再做个加拿大人了。"安泊说，"要是你早点自己独立睡，姥姥也就提不出这个要求了。你呀，在这点上还真是不像我。"

"怎么不像你了？"

"我呀，从小就特别独立，从小就不依恋我妈妈。"

这话成功地打消了爱莉丝的气焰。她低下头，不吭声了。

"别生气了，我没有批评你的意思，"安泊伸出一只手，搭在爱莉丝肩上。

爱莉丝把她的手甩了下去。安泊居高临下地笑了笑，准备结束今晚的谈话："好了，反正你也不想自己睡，咱们就先保持一段时间的现状吧。"

"一段时间，到底是多长？"爱莉丝可不想这么早结束，她还有的是精力呢。

"这，"安泊不准备深谈，"不超过半年吧。姥姥姥爷拿的是探亲签证，最长只能待半年。"

"我们班同学，凡是中国人，祖父母来了就都不走了。他们的

---

① looney，一块钱加元硬币
② toonie，两块钱加元硬币

签证是怎么回事?"

"行了,"安泊有些恼,"这不关你的事。"

"怎么不关我的事?"爱莉丝预感到了危机,她的态度认真起来,"他们要是不走可怎么办?"

"他们要是不走,那你就享福吧!到时候你高兴还来不及呢,姥姥姥爷做饭很好吃的。"

"没兴趣。"

"没兴趣?我看你是没良心!你以前特爱吃。让我想想,红烧豆腐,猪肉炖粉条,茴香馅饺子,这三样你吃起来没够。"

"有这事儿?"爱莉丝眨巴着眼睛,"这事儿发生在什么时候?"

"你全都忘了?"这下安泊真的吃惊了,"你在姥姥姥爷家住过一年多呢。"

"那时候你在哪里?"爱莉丝警觉起来。她眯缝着眼,能量开始在目光中聚集。

"我,我在温哥华啊!"安泊开始口吃,"我必须自己一个人先过来。我要上学,要买房子,要定居,好多事要做。"

"你抛弃过我?"爱莉丝发现了一个简单且惊人的事实。

"你怎么能用抛弃这个词?不,不是这么回事。看你都把我搞糊涂了。"

"你把我一个人丢在中国了,对,还是不对?"爱莉丝上上下下来来回回打量安泊,小脑袋在四个方向上灵活转动,就像机场安检员用的手持探测仪。

"你也可以这么说,"安泊嗫嚅着,"但是……"

但是爱莉丝什么也不再说了。她下了床,把被子从安泊腿上扯下来,摊开,把枕头从安泊身后抽出来,放在被子中间,再把被子卷成一个筒,然后双臂满满地抱着,一言不发地走了出去。

留下安泊一个人坐在双人床上，瞠目结舌。

安泊出国的时候，曾把爱莉丝留在父母家里，直到一年半后，才把她接到加拿大来团聚。安泊至今还记得，久别重逢之后，她竟然对爱莉丝无话可说。所幸她灵机一动，从机场直接把爱莉丝带到了斯坦利公园。玩够了，该回家了，筋疲力尽的爱莉丝一上车就睡着了。"这倒是有利于倒时差呢。"安泊想。

第二天，安泊带爱莉丝去了更远的地方：温哥华岛上的维多利亚。那个地方安泊一直很向往，但又觉得一个人开车坐渡轮不划算。现在好了，她的车上有两个人了。

在渡轮上凭栏远眺，是一件令人心旷神怡的事情。不知不觉间，安泊感觉自己的语言能力也在恢复。可惜，她还没来得及长篇大论，爱莉丝就喊"饿了"。于是她将爱莉丝带到船上的餐厅。安泊给爱莉丝要了一盘儿童版汉堡加薯条，自己要了一盘意大利面。那盘面的名字很诱人：海明威面。其实就是面条上盖一块白色的鲨鱼肉，再浇上红色的番茄调味沙司。

"啊，漂亮！"安泊心情大靓，摩拳擦掌，准备吃海明威的肉，喝海明威的血。

"我能尝尝吗？"爱莉丝问。

"当然。"安泊立刻把自己的盘子推给了她。爱莉丝一手拿刀，一手拿叉，双手轮流用刀叉戳盘子里的面条。

安泊告诉她吃面条的方法：把叉子扎在面条上，然后转圈，面条就缠在了叉子上面，一圈一圈地转，直到缠得像个纺锤，再把叉子送到嘴边去咬。爱莉丝咬了一口，然后兴味索然地扔下叉子。

"吃多了就习惯了。"安泊笑着说。

"我今晚住在哪里？"爱莉丝换了个话题。

"住饭店。怎么了?"

"明天呢?"

"明天? 明天我们回家。你是问这个吗?"

"回你的家?"

安泊被问蒙了。

"我是说,"爱莉丝表情严肃地问,"以后我就一直住在你家里吗?"

这句话对安泊内心宇宙的冲击,不啻一次海啸,它强力摧毁了安泊让爱莉丝独自睡觉的决心。后来的许多个晚上,当安泊貌似平静地躺在爱莉丝身边的时候,她其实一直在紧张地准备台词。假如爱莉丝问:"为什么你要把我一个人留在中国?"她就会说:"因为呀,是这样的……这样的……还有这样的……"但爱莉丝一次也没有"预备,起!"日子一天天过去,安泊慢慢地放松了排练,直到今天被打个措手不及。

当初安泊独自一人前往加拿大,是为了更快地学英语。她恨不得一天二十四小时都浸泡在英语环境里,身边的人连打喷嚏都是"achew",而不是"阿嚏"。

三十四岁的时候,安泊被一种冲动劫持了:她要用英语写作。

这冲动可以一直追溯到二十出头。当年还在上大学的时候,安泊就有一个梦想:此生要用英语写作。这想法当然受到了质疑:"中文一共有多少个字呀?你已经把《康熙字典》都认全了,然后才觉得中文不够用?"安泊不知道该如何回答,但她绕不过这个问题,更何况她的文字水平在他们中文系还是中等偏下的。那时,唯一支持她的人就是赵昕。赵昕从不试图跟她讲道理。赵昕支持安泊的一切梦想,合理的和不合理的。一来二去,安泊和赵昕相爱了。有了爱情的肯定,安泊对于写不写小说,用什么语言,竟然都不大讲究了。

二十七岁，安泊嫁给了赵昕。三十岁，安泊有了爱莉丝，并且辞掉了报社编辑的工作。辞职本是权宜之计，碰巧赵昕很能挣钱，于是安泊就再也没出去上班。

谁也没料到，爱莉丝的出生激发了安泊的旧日梦想。望着这个身长五十六厘米体重三千七百克的小生物，安泊禁不住想：要是现在把她扔进英语丛林之中，会发生什么呢？还会有人用《康熙字典》来为难她吗？嗯，慢着，难道我不能把自己想象成一个新生儿吗？我只不过一生下来就三十岁罢了，再学上三十年英语，到了六十岁上，难道还不能写完一部英语小说？

这么一想，安泊顿感柳暗花明。自己过去错就错在太在意别人的看法。其实，只要自己想得通，别人根本不可能阻挡你。

再说，现如今她身边的"别人"也只剩下了赵昕。安泊于是跟赵昕讲自己的"时间平行后移"理论。但是这一次，赵昕居然说："太晚了。"

"不晚，"安泊解释道，"我说的就是这个意思：关键是你怎么看，如果你把自己当成零岁，你就可以从零开始。"

"对我来说太晚了，"赵昕说，"十年前我倒是支持过你，可惜你当时没能坚持。"

"那当初我放弃的时候，你怎么不拦着我？"安泊埋怨赵昕。

"写作不是最重独立、最怕干涉吗？"赵昕严肃地说。

安泊立即意识到：她跟赵昕的关系已经改变了性质，因为赵昕开始跟她讲道理了。

安泊本来就没有阵容庞大的亲友后援团。她和父母一向不亲，自从她结了婚，她就和同学、同事们都减少了来往。现在赵昕也从后援名单上自动消失了，她就成了孤家寡人，只能与几个早已不在人世的英文作家进行心灵沟通。她的内心宇宙，就是这样慢慢建立起来的。最终决定到北美去，对她来说就是十分顺理成章的了。

噢，对了，别忘了米琪。米琪是赵昕的生意伙伴陈健的妻子。安泊和米琪谈不上亲密，但也一直礼尚往来。米琪劝安泊："成年人学英语，绝对不可能达到写作的程度，最多是用英语做一些具体工作，电脑编程啦，卖化妆品啦，当保姆啦。前几天我去九寨沟，在飞机上遇到了一个留学生，她就是这么跟我讲的。"

安泊不认同。不过，通过与赵昕的渐行渐远，她已经体会到，不同宇宙之间的隔膜，绝对无法正面突破，只能侧面绕开，避免争论。于是她解释说："其实我就是想多挣点钱。用英文写作版税高啊。"米琪耸耸肩，无话可说了。最近一段时间她和陈健也经常为钱龃龉。安泊微笑着问自己："'燕雀安知鸿鹄之志'用英语该怎么说呢？"

安泊一到温哥华，就报名读了温哥华电影学院的一年制编剧培训班。她其实更想读UBC的创意写作硕士，可是读硕士的申请手续太烦琐，成绩单啦，三封推荐信啦。安泊是一个新生儿，你让她上哪儿去整这些东西呢？反正写电影也是写，也是用英语。

那是何等紧张、快乐的一年啊！每天都有对付不完的作业，英文的。

加拿大让安泊最感贴心的，就是没有年龄歧视。安泊办驾照的时候，遇到了一个祖母级的办事员。老太太慢腾腾地敲着键盘，时不时朝安泊羞涩地一笑："对不起，今天是我上班第一天。"安泊对自己后半生的自信，立马就得到了巩固和加强。

在电影学院面试的时候，系主任曾问安泊：你未来的同学们都是二十岁左右，精力充沛，你能适应这样的学习节奏吗？安泊从容地用上了她的时间平行后移理论："我十二岁才开始学英语，我的英语年龄和他们的生理年龄差不多。"系主任竟然点头,表示认可。

在这里,绝对没人用"人过三十不学艺"的歪理来打击安泊。安泊内心的小宇宙,终于与大环境和谐一致了。虽然年纪有一把,可我还是新移民呢。我愿意拿自己当孩子,谁能管得着?安泊觉得自己找到了家。

眨眼之间,安泊毕业了。毕业典礼之前,有个叫里德的老师对大家说:"我打赌,你们只要耐心写作五年以上,遭到拒绝的次数超过一百,每个人都能卖出至少一部作品。"

"要是你输了呢?"有人问。

"我请全班吃顿饭。"

"我是想输呢,还是想输呢?"安泊快乐地接了个下茬。

这帮二十出头的同学们,基本上是毕业即失业。安泊的故事则是另外的讲法,她是毕业即离婚,离婚即分割财产。北京的房子给了安泊,赵昕替她卖了,把钱全汇给了她。如果安泊正常写作正常消费,这笔钱够她支撑十年。按里德的算法,在坐吃山空之前,安泊应该已经卖出至少两个剧本了。中年人到底还是有优势的。

那是2007年,从国内往加拿大带钱的人,可不是一个两个,而是成千上万。加拿大也算是个领土大国了,这些人若是均匀地撒下去,无非就是大海里撒几根针而已,兴不起半点风浪,偏偏他们一头就扎进了屈指可数的那几个社区。安泊所住的列治文,便是其中之一。短时间内,大温哥华地区的房价节节上涨。起初,安泊捂着钱包作壁上观,观望了三个月,实在坐不住了,一狠心就从墙头上跳了下来。

于是,就有了那段关于中途房(halfway house)的对话。

那是安泊对自己的英语充满自信的一段时间。她刚刚结束为期一年的超强度写作训练:一天要读两个剧本,一个星期要写三十页。她根本就不需要学习。新词汇源源不断地从她的耳朵、眼睛流进去,然后再从嘴里、手下涌出来,无须经过大脑处理。当然,她也有用错词的时候。但她的那种错,带着异国风情,带着想象力,老师和同学们都能理解,甚至欣赏。文德尔表现出来的诧异却是很单纯直接的,这让安泊在刹那间产生了自我怀疑:也许自己错得离谱。有时间的话,回去还是查查字典吧,也许"中途房"有什么不好的意思?可是哪里有时间啊!马不停蹄地看房,看中了就得赶紧下单,晚了会被别人高价抢走。然后就是签意向,验房,签正式合同,安排付款,收房。一桩桩一件件,间不容发,直到正式搬进来。

坐在空空荡荡的客厅地板上,她的脑海里又浮现出"中途房"这个词。但这一次,与之相关的并不是要查清词义的冲动,而是对自己许下诺言的回忆。

安泊离家飞往加拿大之前,曾经为全家计划过一个路线图:第一步,安泊自己安顿下来;第二步,给父母申请探亲签证,顺便让他们把爱莉丝带过来。她画图的时候并没明确定义什么叫作"自己安顿下来"。如今学也上完了,房子也买好了,她无端地觉得:是时候该走第二步了。

偏赶上那一段时间,探亲签证很不容易批。安泊周围有几个案例,都是父母一同去申请,结果只批下来一个人。绝大多数情况下是母亲。安泊跟父亲商量:能不能让母亲先来?父亲却表示:要么两人一起去,要么谁也不去。安泊解释了两句,曾经的安副校长便强硬地说:爱莉丝也大了,你自己也带得了了,找个朋友把她带过去,就省得我们跑一趟了。

安泊只能措手不及地迎接爱莉丝的提前到来。

爱莉丝刚来的时候五岁半,只能上半天的学前班。安泊想给她报个课后托儿班,但是所到之处皆满员。"新移民太多了!"人们这样解释。排了半年队,等到爱莉丝上小学一年级了,才有一家教会办的课后托儿班空出了名额。

乱七八糟、枝杈横生的一年总算过去了。安泊的生活终于理顺,可以安心写作了。

然后,有一天,十分偶然地,她在图书馆看到了一本名叫《电影学院秘档》的书,那上面说:电影学院的毕业生要抓紧毕业后的第一年。因为一年以后,新的毕业生又该上市了。要是毕业一年还没把自己卖出去,您就只有下架的份儿了。

"胡说八道!"安泊愤怒了,"我们里德老师明确说过,毕业生的保质期是五年。"

然后,又是非常偶然的,安泊在华人超市遇到了郑太太。

郑家人是开家庭旅馆的,移民已经二十多年了,安泊刚落地时就住在她家里。郑太太交游广阔,能说会道,副业卖保险。安泊搬出郑家后,郑太太还曾多次试图联络她。安泊对保险不感兴趣,慢慢地两人就断了联系。

早上9点的超市里,基本上都是送完孩子顺便拐进来买菜的家庭主妇。第一眼看见郑太太的时候,安泊心里不由得一凛:难道我又回到了主妇的行列?郑太太热情地打了招呼,安泊不冷不热地还了礼。

郑太太随口问了一句:"你爸妈签下来了吗?"

安泊随口答道:"两个非要一起来,可我又不敢给他们申请,怕拒签。"

郑太太便给安泊出了一个主意:"你最好找一份工作。"

看安泊不解,郑太太进一步阐述道:"现在的签证官对中国移民有偏见。不过也不能怪他们,因为中国移民实在是让人看不懂。大家都是一落地就用现金买一套大房子,然后什么都不做,每年报税时还可以声称自己没收入,住着豪宅领着救济金。这样的人,再让他们把父母接来,加拿大这个福利社会非破产不可!"

安泊立刻在脑海中反思了一下自己:我虽然买的是小房子,可是我没有工作。

"如果你有了工作,"郑太太说,"你就是一个能主动融入社会的人,一个受欢迎的合格的永久居民,凭什么不让你父母来探望你?"

"这么说,你不觉得这事儿和赖昌星有关?"

"荒唐!"郑太太嘴角微微一撇,"新移民就是喜欢把一切都和政治联系起来。"

安泊心里很清楚:郑太太说的只是一家之言。可不知为什么,这一家之言就种进了安泊的脑海,再也抹不掉了。从此后,安泊再看报纸,眼神就不由自主地往招聘专栏上溜。当年安泊毕业之前,里德还说过一段话:"你们如果为生活所迫找工作,一定要找不愉快的工作。比如在停尸房值夜班。这种工作挣得又多,又足够恶心,你用一年挣够五年的生活费,然后就义无反顾地逃离,逃到好莱坞去,住在你朋友家的沙发上,开始写作。"里德的话言犹在耳,安泊却低头走进了一家中文报馆的人事部。

等安泊从报馆出来,心里唯有庆幸:幸亏这里的华人足够多,能撑起一家中文报纸。安泊在这家报馆当上了编辑。这份工作正是里德坚决反对的那种:挣钱不多,但足够安逸。工作了六个月,就到了报税季节。安泊报了税,让父母拿着税务局的确认信去申请探亲签证,居然双双获得了批准。

安泊转了转脖子,又耸了耸肩膀。在床上靠得时间太长了,后背都快硌麻了。

她情不自禁地回忆起一年前,爱莉丝刚上一年级的时候,自己那种兴奋得发痒的心态。早晨 8 点半，把爱莉丝送到学校，回到空寂的"中途房"，脑袋里像装了一台鼓风机一样，灵感呼呼作响。打开电脑写作吧，用英语，你还有四年的时间！

怎么突然就一百八十度大转弯，跑去上这个南辕北辙的班呢？就为了父母的签证？可自己为什么要让父母来呢？安泊觉得自己简直是匪夷所思。她已经把家经营成了全英文环境了，爱莉丝的口语已经比自己还要流畅了。要是不小心打碎一只碗，安泊纵然英语再好，也还是会"哎呀！"爱莉丝则只可能："woops"。

父母一来，岂不又要退回到中文世界里？自己到底图的什么？

安泊一手撑着床头，勉强站了起来。坐得太久了，腿开始发麻。她一瘸一拐地走下楼梯，每走一步，腿上都好像有一万根钢针在游走。

一挪一蹭地好不容易走到电话旁，她拿起话筒，按了一串长长的数字，一共十五位。

接电话的是杨老师。"噢，安泊啊，"杨老师有点吃惊，安泊很少主动打过去，"你们那里几点了？"

"快 10 点了。"停了一秒，安泊脱口而出，"我有个坏消息，你和我爸没法儿分开睡了。"

"怎么了？"

"爱莉丝突然想单独睡了。"

"噢？这可是怪事儿。"

"谁说不是呢？"

两方都陷入了沉默。安泊心里一阵紧张：她会不会一赌气放弃旅游计划呀？那样的话，赶紧辞职还来得及。我还有三年时间。

"唉，就这样吧，"杨老师无奈地说，"我们凑合一下呗。"

"啊？"安泊着实吃惊了，"你刚刚不是说，再也不能跟我爸睡在一起了吗?"

"不能又怎么样?"杨老师淡淡一笑,"能改善更好,不能改善就保持现状呗。"

安泊不知该怎么往下接。

虽自知无力回天,杨老师还是幽怨而诚恳地扔下了最后一颗炸弹:"当然,我以前确实希望,到了温哥华,一切都会更好。"

杨老师的最后陈述,像是在安泊的内心宇宙里扔进了一颗炸弹,把安泊对她妈多年来的印象炸成了碎片。尘埃落定之后,碎片重新组合,新拼出的肖像竟有几分像安泊自己。想不到杨老师这么现实的人,居然也和安泊一样,相信"生活在别处"。

上初二的时候,安泊想参加周末数学强化班。杨老师说:"我可没时间送你,你要是能骑车,你就自己去。"安泊当即就推了杨老师的二六凤凰上街练车去了,急得杨老师追着她喊:"小心点,别把车摔坏了。"这是典型的杨老师思维,东西比人要宝贵。这种思维让安泊非常不舒服,可她跟好几个同龄人交流过,大家都说她想得太多了。朋友的反应愈加让安泊觉得自己是个特殊的人,这种与众不同的自我意识支撑着她一步一步离家越走越远。

发现自己竟然跟杨老师有共通之处,这让安泊有点心烦意乱。她自暴自弃地打开电视,拿着遥控器一通乱按,直到看见一张熟悉的沟壑丛生的脸:汤米·李·钟斯。这个频道在演一部老片子:Double Jeopardy。

安泊在学校里曾经讨论过这片子。最近一年来,对于曾经学过的电影,安泊一直在有意回避,以至于只能靠系列电视剧来弥补对于犯罪戏的爱好。今天情况有变,安泊的内心已经快成了一片废墟。所以,当汤米锐利的眼睛盯住安泊时,她眼前就浮现出了"detour(绕行)"的标志。命运的箭头,也许一直都在指着中文。电影学院的生活,不过是中途偶然遇到了一段塌方,"detour"过去罢了。

退一步海阔天空。时间的流水从她身上冲过,洗掉了关于写作的杂念。水落石出,她完全可以做一个纯粉丝。这感觉也挺好。心态一开放,耳朵就在不经意间捕捉到了一个词:"中途房"。女主角刚获得假释,还不能回家,只能住在中途房里,每天向假释官汤米报到。安泊不由得一怔:原来"中途房"是用在这个场合的?随即,她就被从剧情里一脚踢了出来,纯粉丝再也做不成了。她眼前浮现出了文德尔的表情变化,先是惊愕,再是释然,然后,然后,好像还有一丝暗笑。

安泊急忙打开电脑。她看电视的时候总是把手提电脑放在沙发上,以便随时查网上字典或是维基百科。打字的时候,她的手都在发抖:快,告诉我,这个词还有别的意思,还有更普遍的意思,绝不仅仅用于假释犯。

在这儿,查到了。

丢人啊!她羞愧地用双手捂住自己的脸。这是今天晚上她第二次被羞愧袭击。第一次是什么时候?一下子说不清,但她分明记得有过。羞愧使她烦躁不安,非转移一下注意力不可。她三步并作两步上了楼,来到自己的书房,从抽屉里翻出一大把名片。文德尔,文德尔。对,在这里。

安泊抓起书桌上的手机,拨通了文德尔的号码。三声铃响过后,有人接了起来。

"你好,安泊。"他居然还记得我的电话,安泊颇感意外。其实这不过是房产经纪的基本功。

"对,是我。"

"你好吗?"文德尔快乐地说,"你的中途房住得怎么样?"

这句话相当于往汽油桶里扔了一根火柴。"够了！我知道你在心里笑话我，我早就知道！"安泊吼道，"可是我告诉你，我一定能用英语写作。一定能。拉什迪说过，英国人的历史发生在海外。海外！依我看，连你们的语言都发生在海外，现在又被我们带回来了。你知道拉什迪是谁吗？我料你不知道。你不看文学作品，你这种人最多就看看电影。"

"耶稣基督啊，"文德尔喊道，"我正在看 Double Jeopardy，你是怎么知道的？"

假如他们再多吵两个回合，安泊一定能听出来，文德尔已经有了三分醉意。可惜，安泊再一次出戏了。

她听到了从隔壁传来的压抑的哭声。

安泊轻轻推开隔壁的门。这个房间果然小，门一推开，安泊的阴影就轻而易举地覆盖了半张床。爱莉丝的小身体蜷缩在大被子下面。

安泊站在门口，轻言轻语："是我把你吵醒的吗？实在对不起。"

"你走开！"爱莉丝用尽全力怒吼，幸好被子起到了一部分消音作用，否则邻居一定会报警。

"好吧，那我就听你的，"安泊把门关上，完全关严之前又补了一句，"有什么需要，还可以再叫我。"

门一关紧，爱莉丝哭得更掏心掏肺了。

安泊的内在宇宙又一次受到冲撞。这孩子到底还是像我啊，心思就像一团乱麻，不知道自己究竟要的是什么。

她重新把门推开，走到床边，未经邀请就坐在了爱莉丝身边。果不其然，爱莉丝的哭泣开始退潮了。

等爱莉丝完全平静下来，安泊说："你要是后悔了，就直说吧，咱们还可以搬回去。你迟早能够一个人睡，但是不能着急。那么多天都没做到的事,怎么能指望一个晚上就做到呢?"

"不是为这个,"爱莉丝抽抽搭搭地说,"我难过,是因为我怕牙仙女找不到我。"

"你又掉了一颗牙?"安泊不免紧张起来,"哪一颗?"

爱莉丝坐了起来,把嘴巴从左耳咧到右耳。安泊忐忑不安地捧着艾莉丝的头,左看看右看看,直到弄清原委,内疚感才稍稍有所减轻。原来是一颗新牙在乳牙没掉之前就已经萌了出来,现在乳牙虽然掉了,却并没有因此留下明显的空洞。

"牙呢?在主卧室床头柜上吗?"安泊故意逗她,"我给你拿过来好吗?"

爱莉丝羞愧不已,猛地拉过被子,蒙住头,呜呜呜呜。这次哭得更委屈了。

"好了好了,别哭了,咱们过去守着它。"

母女俩回到了主卧室,头挨头地躺下了。

好像是怕失去安泊,爱莉丝两只手紧紧捧着安泊的头。安泊伸出手,反身摸索着关上了台灯,缩手回来的时候不留神把闹钟碰到了地上。

"别动,"爱莉丝的手紧紧地捂着安泊的耳朵,"别去捡。"

安泊攥着爱莉丝的手,把她的两手拉下来。四只手放在两人胸前,彼此感受着对方的心跳。也许是今晚折腾的时间太长了,不到三分钟,爱莉丝的眼皮就开始打架。

"对不起,"爱莉丝呢喃着,"等姥姥姥爷走了,我自己一个人睡,我保证。"

"我相信你,"安泊抽出自己的手,轻轻拍了拍她,"最多再有半年,等他们走了,一切重新开始。"

话音刚落,她就听到了爱莉丝的鼾声。

只是,她现在不大相信自己了。"我还有两年半。"黑暗中,安泊苦笑了一下。

她想起了娘家办的那场送别晚宴。那是 2006 年的农历初二。按北方风俗,出嫁的女儿要在那一天带着女婿回娘家。安泊为了安置爱莉丝(那时还叫豆豆),两周前就来到了石家庄。父母之所以特意选在初二设宴,是为了不让赵昕跑两趟。但只有安泊知道,赵昕一趟也不会来了。

一直到晚宴之前一小时,安泊才装模作样地告诉父母:赵昕刚才打电话,临时有事,来不了了。杨老师和安校长对视了一眼,什么都没说。

于是,非常没来由地,在晚宴进行到一半的时候,安泊突然对妹妹苏说:"等我在温哥华站稳脚跟,我就让咱爸咱妈把豆豆给我送过去,然后我再想办法让他俩留下来。"

苏不很热心地"哦"了一声,似乎并不买账,"加拿大到底有什么好的?"

"北极熊!"丁当,苏七岁的儿子,快乐地接了个下茬。

"答对了!等姥爷姥姥站稳脚跟,我就让他们把你接去上学,好不好?"

"太好了!"丁当跳了起来,"我也能去加拿大了!"

这一下,在场的四个大人一齐把目光转向了安泊。安泊知道,她挠到了全家的痒处。于是,她清了清喉咙,自信地迎接着大家的目光,开始描述仓促间画出的路线图:

"如果一切顺利,五年之内解决咱爸咱妈的身份问题。等咱爸咱妈的事办妥了,就接丁当去加拿大读书。丁当现在七岁,五年后十二岁,到加拿大正好上中学;十一年后中学毕业,再上两年大专,毕业后就能以'加拿大经验类别'申请移民。重点在这里,加拿大有一个独特的'经验类别',只要上两年大专就能拿到身份。这就已经十三年了。一旦丁当站稳脚跟,他就能以自己的名义担保你俩去加拿大团聚。这大概还需要五年。也就是说,十八年后咱全家都变成加拿大人,在温哥华团聚。"

"姐,我敬你一杯!"苏最先反应过来。

安泊的心,被全家人的热情融化了。是的,我漂洋过海,全是为了你们。

真的到了大洋彼岸,安泊的热情却逐渐冷却下来。她开始后悔当初说的那番大话。父亲安排爱莉丝独自来加,虽给安泊造成些许不便,却也使她如释重负:那张路线图,反正不是我撕毁的。

但是现在,她开始怀疑自己了。路线图的诞生也许并非是因为自己的一时冲动。自己和他们之间,也许永远剪不断扯还乱。可是这,这,完全说不通啊!

安泊从小跟父母就不亲。初二那年为什么非要上个数学提高班?就是为了在中考时脱离父母任教的学校,去上一所能寄宿的重点高中。寄宿高中的第一夜,宿舍里别的同学都哭得稀里哗啦的,唯有她一个人哭不出来。她只好用被子蒙着头,装哭。那是她第一次体验孤独,不是因为和父母分离,而是因为对自己和别人不一样感到尴尬。

爱莉丝翻了个身,顺便把被子扯过去一大半,看来是已经睡熟了。安泊睡不着,干脆坐起来,靠在床头。也许是起得过猛,她感到一阵突如其来的眩晕,仿佛一跤跌在悬崖边上,往下看到一片虚空。

一阵柔和的手机铃声从书房传来。这么晚了,会是谁呢?爱谁谁,有个人说话也挺好。

她跑进书房,抄起手机。原来是文德尔。

"文德尔？什么事？"

"我向你道歉。我不想冒犯你。如果我无意中说了什么让你感觉不好，我郑重道歉。"

"没关系。其实这也不能怪你，是我自己心情不好。我刚才没有打扰你的工作吧？"

"没有，我在喝酒。你想不想出来喝一杯？"

"为什么不呢？你在哪儿？"

文德尔说了一个酒吧的名字。

安泊只用了二十分钟就开车来到温哥华市中心，然后把车停在一个二十四小时立体停车场。一旦踏上温哥华街头，她的心意又变了。温哥华的秋夜温和湿润，有一种消磨一切、瓦解一切的魔力。海风习习吹来，安泊顺水行舟，拐进了路过的第一个酒吧。

安泊坐在吧台前的高凳上，尽量摆出老练的架势，点了一杯"大都会"。她的上一杯（也是她唯一的一杯）"大都会"，距这杯有三年之久。那一天是他们班上的贾斯汀过十九岁生日。加拿大法律规定：十九岁以下不能饮酒。终于满了十九岁的贾斯汀举着一杯"大都会"，对安泊无比惆怅地说："你知道吗？从现在开始，每次喝酒都是合法的了。"

贾斯汀现在应该有二十二岁了。安泊偶尔也会登录一下 Facebook（脸书），看看过去的同学们如今都在做些什么，只是自己从不发言。贾斯汀回了萨斯卡通省老家，在那里找了一份工作，打算挣够了钱就去巴黎，拍一部关于大城市建筑涂鸦的纪录片。他也没有在停尸房工作，所以攒钱的速度也不太理想。好几个月没上 Facebook 了，说不定贾斯汀已经交了女朋友；说不定贾斯汀的女朋友已经怀了孕；说不定贾斯汀竟是个好父亲呢。

一杯很快就喝完了，安泊又要了第二杯。他们班上恐怕只有凯文具备在停尸房工作的潜质,因为他喜欢写恐怖片。凯文啊凯文,你如今又在哪里蹉跎呢?

把班上同学挨个数了一遍,感觉大多数人的生活都注定是《革命之路》的前半部。谁能发展出后半部呢?谁的生活最悲剧呢?安泊想想自己,觉得自己比谁都缺乏行动力,所以最不可能有悲剧结局。

不知不觉,第二杯又喝完了。安泊刚想举手叫服务员,就听见手机响。酒吧里很吵闹,安泊把钱扔在吧台上,一溜小跑着来到了街上。

"你到哪里了?"文德尔问。

她想撒个谎,但是她已经有了三分醉意,于是真话毫无阻力地脱口而出:"好像是西哈斯庭街和里查德斯街的交叉口。"

"那你顺着西哈斯庭往候马街走。哦,算了吧,你原地别动,我去找你。"

"不不,你不用过来了。"安泊说,但是文德尔已经把电话挂了。

安泊抬起头,四下里看看。她的学校就在西哈斯庭街上,她对这一带曾经了如指掌。校园二十四小时都对学生开放,计算机房里,摄影棚里,分分钟都有人在工作。

她打算顺着西哈斯庭街往甘比街的方向走,校园就在甘比街上。可是不知怎么拐了一个弯,她发现自己上了里查德斯街。她决定将错就错。但里查德斯街走到头,是一个丁字路口。她十分气恼地记起,顺着横在面前的科多瓦街往右拐,也能回到学校。

恰在这时,一股淡淡的啤酒香味拯救了她。顺着这股香味,她左拐上了科多瓦街。安泊上学的时候,每天从 Waterfront 公交枢纽一下车,就得一路狂奔往学校赶。偏偏 Waterfront 站前有个露天酒吧,从早到晚都有人悠闲地坐在那里,谈天说地喂鸽子,看到安泊这样的暴走族，还会亲切友好地打个招呼。那时安泊对这个酒吧的憧憬，就像战士透过硝烟看到了未来的和平纪念碑。她暗下决心：毕业后，一定要专门到那里去一醉方休。其实安泊并不喜欢喝酒。更讽刺的是，一旦真的毕业，她竟然一次也没来过 Waterfront。

这么说，实现愿望就在今天了。在啤酒香味儿的牵引下，安泊终于走进了向往已久的露天酒吧，点了今晚的第三杯"大都会"。

她感觉很满足，终于圆了一个梦。这就是温哥华的夜生活，好好享受吧。有人说温哥华是世界上最适合人类居住的地方呢，你都已经在这儿住了三年了。父母居然还对能否适应抱有疑问，整天忧心忡忡。其实，他们应该这样问自己：怎么才能适应天堂呢？

她忽然想起了另一件陈年旧事。

那件事发生在安泊十三岁左右。当时她家住在一栋老工房里，一共十五平米，爸爸、妈妈、苏和安泊，四口人挤在一张床上。有一天早晨，安泊在床下发现了一个东西，短粗，鼓鼓的，像一节香肠，肠衣还打了个结。她用手捏了一下，里面是液体。安泊把结解开，从里面窜出一股刺鼻的腥味。这时妈妈醒了，伸手就给了安泊一巴掌。

"我再也不能跟你爸睡在一张床上了。"二十多年后，杨老师落落大方地说。

安泊终于记起，她今晚的第一次脸红，其实是因为杨老师的坦然。杨老师现在已经圆满了，可以全身而退了。而安泊却离婚了，半途而废了。

离婚又算什么大不了的事情，尤其是对安泊这种有追求的人来说。安泊出国之前，不止一个人建言：要想用英文写作，你必须嫁个说英语的当地人。反过来，也有不止一个人断言：所谓用英文写作，只不过是个借口，其实你就是想嫁一个洋人。"就算我真想嫁一个洋人，"安泊笑道，"也用不着这么高端的借口吧？"

话虽如此，在出国这件事上，她从没正面跟父母坦然交流过：我出国是为了用英语写作。如此正大光明的理由，可以跟赵昕讲，可以跟米琪讲，唯独在父母面前说不出口。她不习惯跟父母谈论隐私。

跟父母能谈什么呢？似乎就只有路线图了。

安泊想到这儿，脑子里突然轰隆一声巨响。一场有史以来最严重的塌方，发生在了她的内心宇宙里。

有人在弹琴唱歌，声音好像是从天上飘落下来的。安泊循声望过去，看到了一条大船的剪影。对呀，这里是温哥华的 waterfront（码头），南来北往的游轮就停靠在这里。黑暗模糊了一切与一切的距离。安泊恍惚觉得，她只消抬一下肩膀，胳膊肘就能触到太平洋。

文德尔的电话又来了。安泊不想接，可是铃声响个不停，惹得旁人注意她。

"安泊，你到底在哪儿？"

"阿拉斯加。"安泊笑着说。

"你在耍我吗？"文德尔听起来有点儿不高兴。

"不，不，"安泊猛醒，"我就是想自己坐一会。"

"我只是想向你道歉，我们一起坐一坐，喝一杯。嗯，好吧，其实我知道拉什迪是什么人。"

"真的？你怎么会知道？"安泊突然有了兴趣。

"两年前，你告诉过我，我至今记得。"

"噢，得了吧，"安泊觉得扫兴。又是两年前，她努力想忘掉的两年前。"今晚我哪儿也不想去了……咦，我好像看见你了。"

隔着科多瓦街，安泊看到一个疑似文德尔的人停住脚步，四下张望。安泊其实经常在自己工作的报纸上看到文德尔的照片。房地产广告通常要占本地华人报纸广告的一半。

他们两人之间隔着一条街。街灯照到路面上，科多瓦街像一条闪闪发光的河。黑暗将一切物体之间的距离都模糊掉了，原本可以确切丈量的，现在反倒变成了无限。安泊想象自己穿过街道，向文德尔走去。走着走着，突然就停在了马路中央。是的，她一定会的。她总是这样，不知道为了什么原因，突然就停在中途。

"你到底在哪儿？"文德尔四下里张望。

安泊一阵心慌意乱，不由分说就挂上了电话。

远远的，安泊看到文德尔险些跌个跟头。安泊自己的心也一下子揪紧了。

文德尔恢复了平衡，把电话揣在兜里，沿着科多瓦街的南侧，继续往西走了。假如她想让他回来，现在也许还来得及。她想吗？她的手机就在桌上，离手指几厘米。

凌晨1点，安泊深一脚浅一脚地走回设在辛克莱广场的二十四小时停车场。她刚刚坐进停在五层的车里，文德尔的电话又来了。

"我只是想告诉你，"文德尔说，"你喝醉了，不能开车。"

"谢谢你。我就在停车场坐一会儿，等酒醒了再回家。"

安泊的心里涌起一点点暖意。

"其实我家就在附近，"文德尔轻声细语地说，"你要不要到我家喝杯咖啡？"

恰在此时，不远处的电梯叮当一声。电梯门打开，一个长相丑陋的陌生人走了出来。"不用，谢谢。"安泊说，声音里有深深的疲倦。

"好吧，"文德尔说，"再见。"

电梯门又关上了。陌生人不知去了哪里。电梯门上的数字从5变成4，再变成3，2，1，然后就停在1上，一动不动。

安泊坐在车里，从这个角度，可以居高临下地看到一点点太平洋。她忽然记起在加拿大的第一年。有一天，她在99号公路上开车，恍然感觉自己可以无限提速，按照飞机起飞的原理，开着这辆

Caravan 就能直上九霄。

那时候,她的内心宇宙还是很强大活泼的;那一年,她还是气势如虹一往直前的。从什么时候起,自己就浸泡在"中途"这个词里了呢?

也许,我选错了飞机场。温哥华这个地方,实在是太中庸了。北京是多么极端啊。不仅冬天严寒,夏天酷暑,而且从冬到夏或者从夏到冬的转换,往往只需一两个星期。温哥华的春秋两季特别漫长。人的头顶上好像有一个盖子,要么一天天越旋越紧,要么一天天越旋越松,反正总也不能到位。

"也许,"在沉入梦乡之前,安泊想,"我应该搬到阿拉斯加去。"

安泊猛地醒来,天已经蒙蒙亮了。她把钥匙插进点火器,车上的数字钟告诉她:现在是早晨 6 点 25 分。安泊赶紧打着火。爱莉丝每天 7 点半起床,她必须赶在这之前到家。平常这个时段,街上应该还很冷清,但实际的交通状况却比安泊预想的要糟。

把车停在车库里,又从车库进了门厅,安泊赫然发现爱莉丝的旅游鞋已经不见了。拖鞋倒是整整齐齐地摆在鞋架前。她心里有一种不祥的预感,立即三步并作两步跑上二楼。二楼厨房有些乱,明显有人用过。她来不及细看,一口气跑到三楼。主卧室的门大敞着,爱莉丝不在里面。

安泊顿觉五雷轰顶。爱莉丝半夜起来,发现我不在家,离家出走了?她会上哪里去呢?安泊发了疯似的在主卧室里翻找,希望能翻出爱莉丝留下的片言只语。她把被子掀到地上,把枕头扔到地上,把床单扯到地上,然后盯着暴露的床垫,无计可施。她揪着头发,在地上来来回回地踱步,直到被一个硬物硌了脚。低头一看,是只闹钟。闹钟上的时间顿时让安泊清醒了过来。自己车上的表还没有调回到标准时间,此时此刻实际上已是 8 点 10 分了。

安泊冷静了下来。爱莉丝喜欢上学，她不会逃学的。

安泊用了五分钟赶到学校。时间还早，她轻易就在停车场上找到了车位。教学楼还没开门，安泊绕过教学楼，走到操场的一侧。操场大得像草原。安泊举目四望，发现了一个小小的身影，孤零零地坐在操场另一侧的沙坑旁边。

安泊立即放下心来。她穿过操场，向沙坑跑过去，一边跑一边想怎么解释昨天晚上自己的缺席。草叶上的露水打湿了她的鞋和裤脚。等她跑到爱莉丝面前，已经气喘吁吁了。

爱莉丝抬起头，冷冷地望着安泊。一夜没睡好，爱莉丝的双眼布满血丝。

"对不起！"安泊说，内疚使她把想好的理由又咽了回去。

"没事，"爱莉丝耸了耸肩，"这不是挺好吗？我们直接就进入第二步了。"

哦，对了，那张路线图。安泊一下子想了起来。有一分钟时间，她在内心深处不住地惊叹。多懂事的孩子！比她的年龄要成熟得多。也许，在两种文化的夹缝中长大，本身就像读了一个速成班。

"你做什么呢？"她注意到爱莉丝一直在挖沙坑，"快起来吧，草地上很湿的。"

爱莉丝叹了口气，然后向安泊伸出手。她的手心里有一个小纸包，纸包上沾着沙子。"她到底还是没来。"

"真对不起！"安泊惊呼，这次是真心的。

"是我该说对不起，我昨天晚上说了谎，"爱莉丝显得有点难为情，"它不在主卧室。星期五放学前，我把它埋在沙坑里了。"

"为什么？"

"我觉得，在学校，她可能会更容易地找到我。"爱莉丝的声音越来越低，"我们家，有点儿，中国。"

安泊惊呆了。怎么一转眼的工夫，这孩子的智商又回到了五岁前？她不由自主地，茫然地盯着爱莉丝，仿佛这样就能使她获得进入爱莉丝内心世界的密码。

爱莉丝则毫不退缩，依然执拗地仰着头，右臂高举着纸包，严肃而庄重地向安泊出示着证据。

安泊下意识地将纸包接了过来。

她轻轻打开纸包，一只肮脏的小牙齿露了出来。参差不齐的牙根中间，有一个暗红色的小圆点，似乎是血。安泊的目光柔和了一些，她用手轻轻抹了一下牙根，血迹还在，仔细一看，才意识到那是牙髓。这是安泊第一次触碰爱莉丝的断牙，奇特的触觉让她心跳加快。七年，牙齿般坚硬的七年。七年来，她第一次怀疑：自己的时间平行后移理论也许是个错误。

她把那只断牙捏在手里，翻过来掉过去地看，终于发现它一面是洁白的，另一面则是污黄的。她想起多少次临睡前，自己大喊大叫，要爱莉丝刷牙时别忘了另一面。她的心在刹那间奇迹般地平静了下来。

"你到底还是没刷。"她把污黄的那一面展示给爱莉丝。

"就因为这个？"爱莉丝瞪大了眼睛。

"我不能肯定，不过我们可以问问她。"

她用手托起那个纸包，高高举过头顶。她把头尽量地向后仰，好让自己充分地直面头顶上那个想象中的盖子。不仅如此，她还踮起了脚尖，仿佛这样一来，天上的牙仙女就能把她们母女看得更加清楚。

发表于《当代》2012年第三期

（注：刊物期数为大写，表示此刊物为双月刊。全书同）

啊，加拿大

无论如何，垃圾还是要扔掉。安泊想。

安泊提着垃圾袋出了后门。后门正对着一条不能通车的小巷。沿着小巷走上几十米，就到了一条可以通车的静谧曲折的小路。再顺着这条九曲十八弯的小路走上三四百米，就到了阿尔伯塔路。阿尔伯塔路上有一所小学，学校大门旁边有个半人高的垃圾箱。那就是安泊要去的地方。

就算蒙着眼睛我也能够走到那里，安泊想，毕竟在这一带生活已经快七年了。

但是随即，"七年"这个词又让她恍惚起来。七年之痒。难道说的就是我吗？

七年前，用英语写小说的梦想将安泊从北京带到了温哥华。这个梦想落地之后拐了个弯，指向了电影。之所以会有这种改变，是因为安泊觉得拍电影可以用画面讲故事，从而减轻语言的负担。不过，学了一年电影之后，安泊又意识到学习一种新的艺术形式，其难度丝毫不亚于学习一种新的语言，尽管写剧本倒真是用不了太多的单词。

几年时间一眨眼就蹉跎掉了,但现实却也并不总是亏待梦想家。安泊虽无心插柳,但也住够了入籍所需要的天数,可以朝着女王像宣誓了。当她手按在胸前唱"啊,加拿大"①的时候,过去的岁月像蒙太奇一样在她眼前一闪而过:十五岁上寄宿高中,十八岁离开家乡去北京上大学。大学毕业后若干次转专业、换工作。结婚、离婚、出国……她这前半生可真是没少折腾。现在好了,有生以来第一次,她有了一种归宿感。

只是,并没持续多久。

刚换了绿皮的加拿大护照,她那几乎已经湮没的电影梦再次蠢蠢欲动。

还是应该去加利福尼亚,去洛杉矶,去好莱坞。你现在是加拿大人了,去美国不再需要签证了。

也巧,美国房市自2008年以来开始下滑,而加拿大的房产在这些年里却一路升值。安泊当年在温哥华买的镇屋,如今可以在南加州中产聚居区买个独幢别墅了。时间不等人。这个机会一旦错过,就只能等下一个经济低潮了,弄不好就得二十年以后了。

于是,2010年暑假一开始,安泊就买好机票,准备带上女儿爱莉丝到洛杉矶去探路。

温哥华居民家里的民用垃圾每星期只收一次。安泊所住小区的垃圾日是周二,但安泊买了星期六出发的机票,所以从星期三到星期六产生的垃圾,她必须自己想办法处理。

安泊的办法共包含三步。第一步:细菜叶、薄果皮等等,用厨房洗菜盆下面的垃圾处理器打碎;第二步:凡是能回收的,比如

---

① "啊,加拿大"是加拿大国歌的第一句。

纸、金属、塑料等，因为不会腐坏，可以留在家里，待回家后的第一个垃圾日再扔；只要前两步能得到严格执行，每天的垃圾量便能控制在五立升左右。接下来便是第三步：夜幕降临，提着当天产生的小小一袋垃圾出门，将它悄悄扔到公共垃圾箱去。

那年夏天，安泊在洛杉矶待了将近两个月，最终她看上了橙县尔湾市一幢预售的独立屋，并且签了购买合同。

第二次去南加州是在2011年的3月份，尔湾的新屋要交房了。这次虽然只去一个星期，但安泊仍然按照上次的标准把垃圾安排好了。

3月份，温哥华乍暖还寒。安泊锁上门，带着爱莉丝飞到了温暖的加利福尼亚。

这次加州之行的主要目的是办理收房手续，顺便买些家具，简单布置一下。安泊计划等6月份学年结束再正式搬过来。

但是，南加州的阳光是多么明媚啊！一件家具都没有的新房子是多么阔大、敞亮呀！安泊的头脑一下子膨胀起来，种种模糊的可能性恍然间落地成为现实。更难得的是，爱莉丝也喜欢新房子。第一夜，两个人睡在地毯上，爱莉丝像个小狗似的高兴得在地毯上直打滚，央求安泊"永远不要买床，好吧？"那一刻，安泊激动得差点哭了。自从爱莉丝过了十岁生日，安泊做的事，几乎没有一件能得到她的认可。

幸亏，走之前把垃圾都处理好了。

第二天一大早，安泊拿着房产证明，到马路对面的小学去给爱莉丝办注册手续。

"怎么？我们不回加拿大了？"爱莉丝感到很突然。

"你不是很喜欢这儿吗？我可以答应你，永远不给你买床。"安泊眨眼，耸肩，以为自己很幽默。

"这是两回事，"爱莉丝皱着眉头，并不买账，"我们是加拿大人，我们的家在加拿大。"

"没错，我们是加拿大人，"安泊小心翼翼地说，似乎稍不留神牙齿就要和舌头打架，"可是我们也有搬家的权利呀。"

"美国人又不欢迎我们，过海关还得让我们脱鞋，他们简直疯了。"

明白了，原来是为这个。安泊住在温哥华的时候，经常开车两小时过边境去美国购物。但开车过边境时的安全检查就比较走形式，爱莉丝又坐在后排，往往是不知不觉就过去了。这两次来加州都要坐飞机，一定是机场安检让爱莉丝陡然产生了爱国情绪。

"安检不是海关，"安泊解释，"机场安检针对一切旅客，包括美国人在内。反恐需要。"

"美国到底有什么好？"

安泊皱眉、挠头，欲言又止。

"我给你买迪士尼频道，好吗？"安泊急中生智。

迪士尼频道暂时稳住了爱莉丝。迪士尼频道在加拿大落地后叫"家庭频道"，但"家庭频道"节目少，新鲜度也差一些，就像苹果手机的服务在加拿大也要比在美国逊色些一样。

"美国人留给自己的东西总是又好又便宜。"安泊努力让自己的话听起来意味深长。

爱莉丝补充说：的确。Netflix 在美国的节目也比在加拿大的节目多，而且每月便宜一分钱。

安泊赶紧顺坡下驴："就是啊！"

但爱莉丝随即抱怨说："再好的节目，一个人看也没意思。"

安泊脱口而出："你很快就会有新朋友的。"

假如安泊那时就能意识到爱莉丝的真正心结，她就不会这样空泛地安慰她了。或者她也可能朝着另外一个方向说教，比如："你应该努力学习做自己。"但是安泊无法也无暇体会爱莉丝的心情。安泊自己对于搬家非常习惯，她在每一处停留时都不会与人深入交往，在离开时也从不曾跟谁难舍难分。

"加州这边的同学连'脸书'账号都没有，"第一天放学回家，爱莉丝一脸鄙夷地告诉安泊，"我想加他们，他们竟然说：'不可以的，我们还不到十三岁，不可以玩脸书的。'我知道'脸书'网站上是写着这么一条规定，没想到他们竟然真的遵守。在我们加拿大，连幼儿园大班的孩子都懂得玩'脸书'。"

安泊很吃了一惊："真的？要是这样，你也赶紧把账号删了吧，我可不想因此而坐牢。"

"Never！"（绝不）爱莉丝瞪起眼，张开手，表情十分丰富，倒是挺像迪士尼频道里的美国孩子。

扪心自问，美国生活对安泊也有难度，其中最难适应的是作息时间。南加州的学校早晨8点就开始上课，比温哥华早一个小时。早晨7点起床对安泊来说意味着两场战斗。先跟自己斗，然后跟爱莉丝斗。

上学早，自然放学也早。每天下午2点半，正是艳阳高照的时候，安泊就看到爱莉丝蔫头耷脑地从学校里孤零零地走出来，分明是一棵饱含水分的寒带植物突然被移栽到了热带，水土不服，奄奄一息。安泊一瞅见她那个没精打采的样子，一股无名火就从心底里蹿了上来。这往往也是她自己一天中最烦躁不安的时候，因为困倦，因为一上午一事无成。

"不是已经没有语言障碍了吗？"安泊会气急败坏没头没脑地骂上一句。

爱莉丝上学第二天，学校发了一张表，请家长填写能否给学校当义工，安泊自告奋勇去爱莉丝的班上当读书辅导员。上读书课的时候，整个年级被打乱，按程度重新分成三个组。爱莉丝被分到了最快的一组，安泊倒给分到最慢的一组去了。

我们并没有白白在加拿大待这些年，对不对？从加拿大搬到美国，再难也比不上当年从中国搬到加拿大吧？至少没有语言障碍了嘛！

一放暑假，安泊立刻带着爱莉丝回到了温哥华。

安泊回来的目的是卖房子。她必须卖掉温哥华的房子，才能把尔湾的房款付清。在成功地向制片商售出一部剧本之前，她可不想欠着房贷。

"Home, sweet home！"（家，甜蜜的家）一进家门，爱莉丝就夸张地扑向了沙发上的大靠垫。

安泊可闻不出一丝甜蜜的味道，只闻到杀虫剂残留下来的淡淡的人工芳香。这幢镇屋的房龄有二十年了，安泊偶尔会在卫生间看到黑褐色的缝衣线般细长的虫子。这种虫子怕光怕人，每次安泊一开卫生间的灯，它就吱溜一下钻进下水道里。为了不让它们大摇大摆占领这个家，安泊在临走之前把门窗关紧，在屋子里喷了很多杀虫剂。

到家的第一件事就是开窗通风。窗子刚打开不久，就有人来按门铃。安泊以为是邻居来打招呼，便不假思索地开了门。一个戴着墨镜的男子站在门廊下，皮肤黑黑，衬衫雪白，手里提着公文包，神态动作谦恭有礼。安泊以为他是传教的，正犹豫着怎么打发他，那人迅速把墨镜推到头顶上，用熟人之间打招呼的用语问道："你好吗？"①

---

① 用英文打招呼，如果是头一次见面，说："How do you do?" 如果是已经认识的，说："How are you doing?" 两种说法中文都翻作"你好吗？"

安泊盯着他的眼睛看了一两秒，终于想起来：这是房产经纪人文德尔。安泊这幢镇屋当年就是从他手里买下的。

Home, sweet home（家，甜蜜的家）。"我能帮你什么忙？"安泊问，眼角眉梢带着笑。

文德尔用手比画了一个方向："我带着客户在这附近看房，瞧见你家窗子打开了，就过来看一看。这房子似乎好久没人住了？"

"是，"安泊说，"我们搬去加州了。"

"你果然去加州了！"文德尔露出略带夸张的赞赏表情，似乎去加州是一件了不起的事情。

安泊谦虚地笑了："哦，你也知道我想去加州吗？"

"你是学电影的呀，如果我记得不错的话，学电影的人十个有九个想去好莱坞发展。"

"噢，"安泊不禁扭捏了一下，不知为什么有些尴尬。她本来准备对邻居解释去加州是为了爱莉丝的学习，如果确实有人问起的话。

见安泊沉吟，文德尔接着说："我建议你装个警报系统。房子如果长时间不住，有可能会被小偷盯上。"

"不用了，"安泊打断了他的话，"这次我回来要把房子卖掉。"

"那太巧了！"文德尔眼睛一亮，"我正好有个客户想买这个小区的房子。"他说话时头偏向一侧，身体微微前倾，似乎客户就在右前方不远处，招之即来，来则成交。

安泊不知为什么有些不自在。

爱莉丝恰在这时从楼上冲了下来："我们不卖！"

安泊一直很讨厌爱莉丝在大人谈话时插嘴，偏偏这一次，安泊觉得爱莉丝的插嘴恰到好处。她马上对文德尔抱歉地笑了笑，作势关门。文德尔赶紧递上一张名片，然后礼貌地告辞。

"我们不能卖，"爱莉丝骑在楼梯栏杆上，居高临下地说，"我们可以来这里度假。"

这话倒让安泊看到了希望：爱莉丝已经松口了。想当初，她坚决反对留在加州，现在已经降低了要求，只想回加拿大度假了。这就是进步。安泊想。自己只需要按部就班地收拾房间即可，等暑假结束再把这套房子悄悄放盘。到了圣诞节，房子已经卖出去了，只好去墨西哥度假了。

安泊随手把文德尔的名片放在门厅的架子上，过了两天，那张名片自动消失了。安泊心里暗笑：房地产经纪的广告铺天盖地，随便找个经纪人还不容易吗？

更何况，一个星期以后，文德尔再次主动登门拜访。更巧的是，这次爱莉丝不在家。

那以后，文德尔隔几天就过来看一下。他劝安泊说：这所房子旁边就是小学，有意向的客户都急于在暑假期间把房子搞定，然后给孩子报名上学。一旦错过暑假，房子就不好卖了。安泊何尝不懂这个道理，只是房子一旦上市，随时都会有客户前来看房，想瞒住爱莉丝可就难了。

暑假过得真快啊。按照计划，明天上午安泊就要带着爱莉丝飞回洛杉矶了。

今天下午，安泊跟文德尔正式签了代理合同。签合同的时候爱莉丝不在。怎耐文德尔太心急，刚一出门就把"出售"的牌子挂到小区门口了。

其实安泊完全可以把牌子先摘下来，藏在车库里。

爱莉丝是多聪明的孩子啊，回到家一看见那个牌子立马全都明白了。自己一开始还是比较镇定的，一直对爱莉丝的胡搅蛮缠进行着冷处理，想不到最后竟然因为这袋垃圾崩溃了。

前天，安泊为了哄爱莉丝，给她买了她最爱吃的奶油蛋糕。刚才安泊催爱莉丝把剩下的蛋糕吃完，以便自己处理垃圾。蛋糕盒本来是可以作为回收垃圾留在家里的，但爱莉丝故意把奶油抹在蛋糕盒上，这样一来就必须扔掉了。偏偏蛋糕盒又是支棱八翘的，原本计划的一小袋就不够用了。

安泊于是就说了她两句。

也许我应该忍耐，不应该说她。

我一说她，她就回嘴。我说她她没有一次不回嘴的！

然后她们争吵。然后安泊打了爱莉丝一巴掌。

我实在是，忍无可忍。

其实，一开始我还是蛮和颜悦色的。我说："你小心点好不好？你看我，每天吃剩的西瓜皮都要先晾一晚，等水分蒸发，体积减小之后再扔出去。"

她竟然说："再过十年，你就知道这根本不重要了。"

这是以子之矛攻子之盾啊！安泊最恨这个。

爱莉丝三天两头声明不愿意去美国，每一次都有一个新理由。刚才吃蛋糕的时候又想出了最新的一个理由：她的生日快要到了。在美国，她还没有可靠的朋友。要是生日会没人来，那多尴尬啊！

"这算什么理由？"安泊说，"这根本不重要。"

"生日都不重要？"爱莉丝感到难以置信。

"当然不重要了！再过十年，等你长大了，你就会知道生日这种事，根本不重要！"安泊表情激动，手按在胸前，仿佛这是她的肺腑之言，但她的用词却十分无力，除了"十年"之外，没有引入任何新论据。即便"十年"，也是脱口而出的一个数字，拿不出计算过程作为支撑。为什么不是七年？

但安泊看起来的确很激动。前天下午，安泊在图书馆等着接爱莉丝的时候，随手从书架上拿了一本书，在书中无意间看到了这么一句话：

问："总的来说，生活对你还不错？"答："总的来说，是的。生活给了我想要的东西，然后又告诉我它毫无意义。"

这是萨特在七十岁那年所做的一次访谈的最后几段话。安泊记得以前看过中文，没想到此时此刻又和英文版不期而遇。"生活给了我想要的东西，然后又告诉我它毫无意义。"

这句话像一面照妖镜，一下子就让安泊心中的魔鬼现了形。

搬到加州去就一定能实现电影梦吗？如果实现不了呢？如果竟然实现了呢？

对漂泊的厌倦和恐惧油然而生。毕竟，搬家不是一件轻松的事。在加拿大好歹还坚持了七年呢，在加州能待上几年？接下来，还能去哪儿？

她的信心开始瓦解。所以，当她说"生日根本不重要"的时候，她显出的是底气不足的气急败坏，而不是"其实什么都不重要"的淡然。这么违和的表情爱莉丝当然不会放过。她聪明过人，直觉强大，尽管似懂非懂，却总是能有效地刺激安泊。

于是，爱莉丝手一挥，将水池旁边一字儿排开的几块西瓜皮，还有桌上油渍麻花的蛋糕盒，划在一个想象中的圈儿里，模仿着安泊的口吻谆谆教导说："再过十年，你就知道这根本不重要了。"

安泊伸手给了爱莉丝一巴掌。

爱莉丝把门一摔，跑了。

起初，安泊想立即把她追回来，但是一股无形的力量将她瘫痪在原地。追回来又怎么样呢？

"然后又告诉我它毫无意义。"

她心里一凛，似乎被自己的想法吓了一跳。

安泊提着两袋垃圾，走在空寂无人的小巷里。

温哥华的 8 月底，晚上 9 点天才会黑。虽然天黑得晚，但人们第二天早晨照样要上班、上学，所以薄暮时分的小巷里连个人影都没有，安静得瘆人。小巷尽头的天空上悬挂着一抹绚丽的彩霞，呈现出一种不真实的热烈和喧闹。在天与地之间，隔着一道无形的屏障。

就算天塌下来，也得先把垃圾扔掉。

安泊发现自己已经来到了小巷的尽头，往前再迈一步就要踏入那条可以通车的小路了。她忽然心虚起来，低头打量了一眼手里的垃圾。左手一袋，右手一袋。是不是太扎眼了？她一直在说服自己：扔垃圾是眼下的当务之急。但她越是成功提升这两袋垃圾的心理重量，越是疑心它们会引起别人的注意。毕竟，往公共垃圾箱里扔家庭垃圾，不是什么光彩的事。

安泊掉转身，原路返回。

她用钥匙打开车库一侧的小门，空空荡荡的车库让安泊心里一颤。以往车库里总是塞得满满当当的，如今杂物全都处理掉了。扔、卖、送人、捐赠、托运。今天下午，安泊把车也卖了。车库空了，如愿以偿。

生活给了我想要的东西……还是先把垃圾扔掉吧。

靠墙角站着一个垃圾桶和一个可回收物桶。垃圾桶是被清洗过的，散发着淡淡的消毒水味。可回收物桶里还有一些塑料袋和纸制品，都是上一个垃圾日之后收拾出来的。安泊在里面翻了一阵，找出几个塑料袋，一层一层地将两袋软塌塌的垃圾扎紧，最后再套上一个品相完好的"安·泰勒"纸袋。

安泊提着这个纸袋重新走进了静谧的小巷。纸袋十分挺括，塔夫绸提手的手感也不错，这让安泊找回了一点安全感。她似乎暂时摆脱了心乱如麻的处境，恍然徜徉于过往时光中任何一个宁静安逸的夜晚。

她一脚深一脚浅地走完了小巷，走完了小路，走上了阿尔伯塔路。经过小学的时候，她完全忘记了垃圾桶，只是一味机械地沿着阿尔伯塔路往东走。最近几年，这一带的房地产很火爆，独立屋陆续被拆除，盖起了公寓和镇屋。硕果仅存的几幢独立屋大多很破旧，房主一心待价而沽，对维修房屋兴趣不大。只有一幢房子因为一丝不苟的打理而显出卓尔不群：半人高的松墙围绕着毛茸茸的新剪草坪，一条石子路通向门口，石子路两侧种着应季的鲜花，没有一种安泊能叫得上名字。

安泊发现自己站在石子路与公共人行道的交叉点上。

面前就是静的家。静的女儿妮娃是爱莉丝的好朋友。

暑假刚开始的时候，妮娃给爱莉丝发过一封电子邮件。妮娃在信中说了一些很肉麻的话，请求爱莉丝留在加拿大，不要搬到美国去。

安泊截获了这封邮件。她不是故意的。安泊和爱莉丝都使用Gmail。有一天，爱莉丝用安泊的电脑登录了自己的邮箱后忘记了登出。

孩子就是孩子，搬家这种事怎么可能由爱莉丝自己做主呢？安泊当下决定去拜访静，请静管管妮娃，不要扯爱莉丝的后腿。

她这趟回来，本来就打算去看望静，为此还从美国给静带了一件"安·泰勒"外套。妮娃的这封邮件只是让她将计划提前了而已。

"安·泰勒"是个美国平民女装品牌，约等于中年人的"H&M"，并不昂贵，但温哥华没有分店。北美经济一体化之下，要找一件美国有而温哥华没有的东西也还是挺难的，安泊为此很花了一些心思。

果然静很喜欢那件外套。"安·泰勒"的剪裁考虑到了中年女性的特点,能让大肚子显小,小肚子变没。

但等安泊说出自己的真正来意,静还是立刻板起了脸孔。

静长篇大论地说:几个月前就听说爱莉丝转学去了美国,当时我真是松了一口气,没想到这么快又回来了。我已经给妮娃安排了暑期学校。爱莉丝有上暑期学校吗?不上怎么成?她肯定会觉得无聊啊,她当然要找人陪伴啦。希望她不要影响妮娃才好。好歹暑假很快就会过去的。衷心祝愿你们搬家成功。在美国能适应吗?不会走不成吧?

安泊气得在肚子里直翻白眼:势利的家伙!当初可是你静·刘主动撮合妮娃与爱莉丝的!

妮娃来加拿大时已经是三年级下学期了。静到学校去打听:谁是最快脱离 ESL① 的中国新移民?答案是爱莉丝。按照教育局的统计:母语非英语的孩子过语言关至少三年,可是爱莉丝只上了一年半 ESL 就再也不用去了。

静多机灵啊,她才不会做亏本买卖呢。

实话实说,静也给安泊帮了很大的忙,起码用心是好的。周末一大早,静就把爱莉丝接到了自己家里。"今天你就踏实写剧本吧!"静爽气地说,"晚饭后我再送爱莉丝回来。"

但静的豪爽也有代价——晚上送爱莉丝回来的时候她总要问一句:"大作家,今天写了不少戏吧?"

哪有那么容易?!

一来二去,星期六早晨一旦在窗口看到静的宝马 5 系徐徐开进小区,安泊就会心惊肉跳。这不是比喻,是心脏那块肉真的在剧烈

---

① ESL:English as Second Language(英语作为第二语言)的简称,是加拿大教育部门为新移民单独开设的英语补习课程。

收缩和舒张。一个可自由支配的周末就在眼前,你必须对得起它。安泊觉得压力很大。

静毫不吝啬对爱莉丝的欣赏。那时的小孩子们还喜欢玩一种叫DS的掌上游戏机。早期的触摸屏技术不如现在的先进,需要用一根随机附带的小棍在屏幕上划拉。那根小棍的英文叫stylus。有一次,静告诉安泊:"今天我们家来了五六个中国小孩,有两个还是在加拿大出生的呢,我问他们这根小棍英文叫什么,只有爱莉丝知道叫stylus。"

安泊对此并不意外。出生在加拿大又怎么样?如果家里有爷爷奶奶姥爷姥姥七大姑八大姨,三岁之前根本接触不到英语。爱莉丝虽然五岁才来加拿大,但是放了学后安泊还要把她送去课后托儿所,每年暑假也都是在夏令营过的,爱莉丝和英语的接触时间正好是其他孩子的两倍。所以别人三年脱离ESL,爱莉丝只用一年半。

要想让孩子英语好,就得把孩子推出去。安泊觉得自己的策略很成功。

物极必反。天下没有不散的筵席。

一年后,班主任瑞纳小姐发现爱莉丝替妮娃写作业。瑞纳小姐找安泊谈话,她认为爱莉丝过分热心,以至缺乏原则。

安泊跟爱莉丝谈,告诉她这样做其实对妮娃不好。爱莉丝振振有词地说:"妮娃反正也学不会,她妈妈也并不真正关心她,她只是一听说妮娃完不成作业就会惩罚她。我是避免妮娃受到二次伤害。"

听到爱莉丝的话,安泊心里竟产生了一丝幸灾乐祸。她其实一直有自责,觉得自己陪伴爱莉丝的时间太少。她觉得其他妈妈都比自己负责任,静尤其做得比自己好。想不到啊想不到。

再后来,找安泊谈话的人升级成了校长帕梅拉女士。帕梅拉女士对安泊说:"爱莉丝英语很好,也很有领袖才能,但是我希望她把才能用在积极的方面。"

安泊感觉问题严重了。可是还没等安泊开口,静那边就已经有了动作。想必老师、校长也跟静通过气。静开始正式给妮娃找补习老师,把妮娃的业余时间安排得满满的。静也不再邀请爱莉丝去做客了。

去年,妮娃的英文得了 C,她怕挨骂,就向爱莉丝求援。爱莉丝拿了鸡毛当令箭,居然跑去做静的思想工作:"C 在加拿大是很好的成绩。"

静轻蔑地说:"C 不就是及格吗?"

爱莉丝说:"得 C 的人通常还有很多时间与人交往,更活跃开朗,更有人格魅力,在学校更受欢迎。而得 A 的人通常都是傻子。在加拿大,最被人瞧不起的就是傻子。"

静当即抄起电话向安泊告状:"你可得管管孩子啦,现在就这么满嘴胡说八道,再长大点你可就管不了了。"

等爱莉丝回到家,安泊问:"你为什么要跟静那么说?"

"噢,"爱莉丝耸耸肩,"我跟她讲话必须说中文,可是我的中文又不够好,可能让她产生了误解。"

然后爱莉丝就开始眉飞色舞地改用英文向安泊复述。这两年来,安泊和爱莉丝之间已经形成了一种定式:爱莉丝说英文,安泊说中文,彼此都能听得懂对方,但只用各自更熟练的语言来表达自己。

爱莉丝的原话是:"能得 A 的人都是 nerd。"

安泊说:"nerd 大约等同于中文的'书呆子',不是'傻子'。"

"Whatever[①]"爱莉丝大大咧咧地说。whatever 现在是她的口头禅。

"我告诉她：在加拿大，最重要的事情就是'受人欢迎'（popular）。"爱莉丝进一步解释。

"popular？不就是'流行'吗？这词即使不带贬义，至少也是中性吧？"

"No. No. No."爱莉丝摇头晃脑，斩钉截铁，"一个学校里哪个女生最 popular？啦啦队长。你要是当了啦啦队长，全校的男生都想跟你约会，但是你谁都不能搭理，你只能跟足球队长约会。"

假如安泊意识到问题的严重性，她就会立刻打断爱莉丝，把异端邪说消灭在萌芽中。可惜，安泊被好奇心冲昏了头脑，竟然追问道：

"要是当不了啦啦队长呢？"

"当不了啦啦队长，你还可以参加戏剧俱乐部，这样你就可以跟棒球队员约会。"

"连戏剧才能也没有呢？"

"那就参加乐队，跟篮球队员约会。"

"要是一点儿文艺才能都没有呢？打光棍一辈子？"

"振作一点，妈妈，学学敲鼓什么的，并不难。"

"我并没有不振作，我也不觉得单身有什么不好。"安泊辩解说，同时近乎绝望地回想起了自己苍白单调的青少年时代：不会唱歌，不会跳舞，不会弹奏任何一种乐器，只会考试。怪不得只能嫁给你爸爸。

"能下围棋呢？"安泊突然想起自己小时候学过两年围棋。

[①] 无所谓啦。

"最好只在家里下。"

"凭什么？会下围棋居然是缺点？"

"当然不是，"十岁的爱莉丝坐在高高的吧凳上，全知全能地、宽容地，拍了拍安泊的肩膀，"只是，最好不要让别人知道。"

"我不信！"

"相信我吧，我更了解加拿大。"

安泊竟然被爱莉丝逗笑了。这么一笑，安泊就失去了权威。保持权威的方法是，而且永远是：压根不跟爱莉丝展开这种讨论。但是，安泊每次都做不到，她总是被好奇心俘虏，总是想多听一点，再多听一点，到底看你这个歪嘴和尚能把经念到哪里去！然后，突然间，就像贪吃的胖子总是先忘情地吃上一阵，然后就会陷入深深自责一样，安泊意识到这事有点不对头。

瞧她那摇头摆尾、如鱼得水的样子。加拿大绝非久留之地啊！

安泊犹犹豫豫地踏上了静家门口的台阶。门廊上方的灯唰地一下子自动亮了起来，把安泊吓了一跳。她硬着头皮按响了门铃。楼梯响，有人下楼。静的身影朦胧地出现在磨砂玻璃后面。"谁呀？"静问，声音里带着慵懒。

安泊一听这语气，就知道家里没客人。她的脚步开始不由自主地向后撤。恰在这时，门唰地一下打开了，静出现在门口："安泊？你们还没走呢？"

安泊脸上露出尴尬的表情："我在找爱莉丝。"

"爱莉丝？"静睁大了眼睛，"好几个月都没见过啊！"

"是啊，我知道。我这不是有点病急乱投医嘛。"

"出了什么事？"

"也没什么事，跟我吵了一架，就跑了。"

"哟，那可得快点找回来，天都这么晚了。"

"可不是嘛。"安泊嘴上应着,一边情不自禁地后退,"这不到处找呢吗?"

"需要帮忙的话就给我打电话。"

"好。万一爱莉丝来你家,请你一定告诉我。"

"会的,放心吧。"

安泊的脚踩在石子路上,发出咯吱咯吱的声音。眼看安泊就要走上人行道了,静突然又问了一句:"要不要报警?"

安泊立刻转过身来:"不行,我研究过,必须失踪二十四小时以后才能报警。"

"什么烂规定!"静露出不屑的表情,"二十四小时?该出的事儿都已经出了。"

这话像一记重锤敲打在安泊心上。安泊鼓起勇气,终于开口恳求道:"你能不能问问妮娃,也许她知道爱莉丝去哪儿了。"

"她怎么会知道?"

安泊顿了一下,然后飞快地编了个理由:"她们不是都有'脸书'吗?让妮娃登录'脸书'看一下。"

静想了想,不置可否地说:"你先进来吧,我有妮娃的'脸书'账号和密码。"

静这幢独立屋的面积有二千多平方英尺。楼下一个卧室,楼上三个卧室。静的丈夫长年在国内,静自己一个人带着两个孩子在温哥华生活。这样的家庭结构在温哥华十分平常。在中国和加拿大之间飞来飞去的人被称作"太空人"。近年来"太空人"这个词甚至都进入了主流英文媒体。

安泊扑通一下坐进沙发里,感觉自己再也没有力量站起来了。这是什么样的一天啊!收拾行李、卖房、卖车,千头万绪,本来就是咬着牙在坚持,心想熬过这一切明天就可以飞向加州了,偏偏爱莉丝又横生枝节。

　　静的沙发又宽大又舒服。昂贵的家具都舒服。安泊也懂这个道理，可她就是不愿把钱花在家具上，因为总是担心自己还会再搬家。静就不同，她一到温哥华就打算在这里扎根。静家里还有许多盆绿色植物。每种植物都有自己最适合的气候。爱莉丝蔫头耷脑地从学校里孤零零地走出来，分明是一棵饱含水分的寒带植物突然被移栽到了热带，水土不服，奄奄一息。

　　安泊忽然对静心生羡慕。为什么她就能长治久安呢？安泊想起自己在尔湾的那个家，虽然是新房子，也向建商订购了当年最流行的装修风格，但除此之外，凡是交屋后自己采购的东西，一律是简陋、临时的。一盆植物也没有。

　　"喝点水吧。"静给安泊递过来一杯菊花茶。安泊默默地接了过来。两人谁也没先说话，过了几秒钟，静随手打开了电视，电视上正在播一档中国最流行的相亲节目。静指着电视旁边的小盒子介绍了一番。安泊心里乱糟糟的，只听了个大意，意思是静已经把卫星天线拆了，换了一种新设备，能看一切中国的卫视，关键是能回放，想什么时候看就什么时候看。

　　"真是地球村了，"静感慨地说，"在哪里生活还不都一样？说不定啊，再过十年我们都会后悔移民呢。"

　　尔湾那边也有人向她推销各种数码视频服务，合同一签就是两年，价格非常吸引人。但安泊还是选择了按月付款的传统电视。

　　菊花茶里搁了冰糖，还有几粒枸杞，温度适中，酸甜可口。安泊喝了一口，眼泪开始在眼眶里打转。

　　"到底出了什么事啊？"静问。

　　安泊眨巴一下眼睛，把眼泪忍下去。虽然不愿自揭家丑，但嘴上还是不争气地把过程复述了一遍。

"就为这点事？要我说，你脾气也太大了。当然，要搬家，千头万绪，你也挺不容易的。"

岂止就为这点事？还有好几句伤人的话呢，我还打了她一巴掌呢！安泊现在心里充满了悔恨。为什么偏要在最后关头失控呢？

"再说，美国不是挺好的吗？"静又问，"为什么爱莉丝不愿意待呢？"

"她老是觉得没有朋友。"安泊越想自尊自重，越是情不自禁地进入"数落"模式，"我跟她说过多少次，一来交朋友需要时间，需要耐心；二来……"安泊的声音低了下去。她赶紧喝了一口菊花茶，把"朋友根本不重要"咽回了肚子里。

"可能还是跟家庭有关吧，"静的手指轻敲着沙发扶手，眼角眉梢里都带着满足，"孩子需要朋友，往往是因为无法从父母那里获得足够的安全感。你一个人带着孩子，又喜欢搬来搬去的，这些都不利于安全感的养成。你看我家的两个孩子，适应起来还是相当顺利的。"

安泊心里的不服快要压不住了。"其实每个移民孩子面临的困境都是一样的，"她说，"只是有些孩子敏感，有些孩子不敏感罢了。"说完，还觉得不解气，又补了一句："家长也是，有些人敏感，有些人不敏感。"

"噢？"静耸耸肩："你倒是说说看，我的孩子怎么不敏感了？"她环顾四周，检视了一遍自己完美的家，嘴角带着冷笑，架子越发端足："我呢？我又怎么不敏感了？"

安泊像被催眠了一样，目光追随着静的视线绕场一周。的确，什么破绽都没看出来。就算静心里有凄风苦雨，她展示给外人的永远是花好月圆。就算静的镇定是伪装的，能够持之以恒地伪装也是本事。为什么自己的日子，永远是，从里到外地粗糙、狼狈、捉襟见肘呢？

"看来你是真的不知道啊！"安泊豁出去了，就让静恨我吧！

实情是：尽管遭到双方家长的阻挠，爱莉丝和妮娃还是找到了办法经常见面。

妮娃的暑期学校下午 3 点放学，游泳课 5 点才上，这中间有两个小时的空当。妮娃跟静说她去图书馆做功课，这话是真的，她只是没说跟谁在一起。爱莉丝这一边，也经常让安泊送她去图书馆，然后再要求安泊在指定时间接她。安泊乐得她不在家，这样自己就可以专心收拾了。

直到今天下午她才知道真相。

今天下午，签了售房合同之后，按照计划安泊应该先去接爱莉丝，然后去米诺鲁街上的克莱斯勒车行卖车。

出门之前，安泊接到爱莉丝的短信：她有个朋友需要去 5 号路和斯蒂文森路交叉口处的购物中心，请安泊帮着送一趟。若在平时，安泊一定会刨根问底：什么朋友？为什么要让我送？他/她自己的妈呢？但今天安泊心情不错，所以什么都没问就前往指定地点了。

远远的，她看到图书馆门口站着一高一矮两个女孩。高的是爱莉丝，矮的是妮娃。这两人都不到十一岁，按法律来说是不能单独外出的。但是爱莉丝给外人的感觉至少有十四，妮娃呢？说九岁也有人信。这样的两个人走在街上，绝对不会引起警察注意，也不会遭人举报。人们都会想当然地以为这是一个中学生在当 baby‑sitter[①]。

看她俩之间挤眉弄眼的表情和亲昵的动作，安泊顿时明白自己

---

① 临时雇来看孩子的人。

被骗了整整一个夏天。她摇下车窗，强压着愤怒，努力像静那样不动声色："你们俩在这儿干什么呢？"

"妮娃的游泳衣带子断了，她要去买游泳衣。"爱莉丝说。

"为什么要去那么远的地方？前面不就是列治文中心商场吗？"

"那边的体育用品店更专业。"爱莉丝早有答案。

后面的车轻轻鸣了一下喇叭，提醒安泊：这里是 drop and pick up zone①，只能停车三分钟。

"好，上来吧。"安泊说。

两个人嘻嘻哈哈你推我搡地上了车。关上车门，系好安全带之后，两人继续推推搡搡。

"坐好，别乱动。"安泊从后视镜里看了她俩一眼，发动了汽车。

"你先说吧。"在爱莉丝的百般推搡下，妮娃终于说话了。

"你先说！"爱莉丝的口气不容置疑。

安泊又从后视镜里看了她俩一眼："什么事呀，谁先说还不都一样？"

"你先说。"爱莉丝重复了一遍，十分强势。

妮娃身子往前猛地一探，但是用力过猛，又被安全带断然勒了回去。"阿姨，我想求您一件事，"妮娃怯生生地说，"能不能不让爱莉丝转学啊？如果你非要去美国，能不能让她留在温哥华呢？她可以在我们家寄宿。"

原来包袱在这里呢。安泊再次通过后视镜看了两人一眼。爱莉丝双手抱在胸前，神情紧张地盯着挡风玻璃。妮娃两手撑着座椅，似乎非如此就不能坐直。

---

① 只供上下乘客的临时停车位。

安泊心里觉得好笑：傻孩子，自己放不下架子，想求你妈，又说不出口。"妮娃，爱莉丝去哪里跟你有什么关系呢？这是我们家的事啊！"安泊尽量和颜悦色，口气里却有掩饰不住的嘲弄。

妮娃一下子就闭嘴了，任爱莉丝再怎么捅她，妮娃也不敢张口说话了。高压下长大的孩子就是这样，别看我们家爱莉丝是个典型的 trouble-maker①，每天花样翻新地让人头痛，将来呀，说不定比很多听话的孩子还有出息呢。

只是眼下毕竟还嫩，对人物性格缺乏判断。你的朋友如此不堪一击，没想到吧？

"好吧，"爱莉丝恨恨地说，"我们不去买游泳衣了，直接去游泳池。"

安泊求之不得。刹车减速，掉头，左拐接右拐。游泳池到了。

妮娃眼泪汪汪地下了车。

安泊假惺惺地说："爱莉丝，跟妮娃拥抱一下吧。"

妮娃站在路边，抬起一双泪汪汪的眼睛，目光中有期待，也有绝望。安泊从未在一个孩子眼里看到这么丰富和深刻的表情，她在刹那间怀疑自己是不是太轻薄了。

爱莉丝把头一甩，从车里砰的一声将车门拉上了。

安泊心里的一块石头落了地。她想对妮娃甜言蜜语几句，将这一幕戏完美收官，不巧这时后面又来了几辆车，其中一辆不客气地鸣了喇叭，提醒安泊这是 drop and pick up zone。安泊只好作罢。她心安理得地发动了汽车，按预定计划朝车行的方向开去。

"静，"安泊说，"事情就是这样子，我也是今天下午才知道她们俩经常见面。我要是早些知道一定会采取措施。我知道这对她们

---

① 制造麻烦的人

俩都不好。"

静的脸庞线条一点点硬了起来，嘴唇紧抿着，全身都在暗暗较劲，愤怒一触即发。

"我跟爱莉丝说过很多次：一定要处理好分手。分手如果处理得不妥，就会后患无穷。就算对方没受伤害，自己也会觉得内疚，所以一定不能轻视感情的垃圾。"

"够了，"静一拍沙发扶手，"快点去找你的孩子吧。"

静果真生气了。安泊继续说："我现在猜测，可能因为今天下午爱莉丝处理得不够好，她心里难过，又来找妮娃道歉。你能不能帮我问问妮娃？"

"你，离开我家！"静到底还是控制不住了。

安泊大感意外，她以为静最多就是生生闷气，没想到她竟然能够撕破脸。安泊有些后悔，但在静愤怒的逼视下，她不得不迟疑地站了起来，带着意外受伤的表情向门口退去。

她家的房子可真大呀，安泊感觉自己走了好久才到玄关。

玄关里摆着一个古色古香的鞋架。安泊刚进来的时候，静曾经随口介绍了一句："这是我前天刚拍来的。"此刻，安泊一边磨磨蹭蹭地穿鞋，一边想找个词夸夸那个鞋架。鞋穿好了，她抬起头，话一出口却变成："静，求求你了！"

"走！"静指着门外说，简洁有力。

当初爱莉丝摔门就走，安泊就知道她一定是去找妮娃，所以才没急着追。没想到，这条路竟然这样被自己堵死了。

接下来应该做什么呢？

头顶上的天空早已经暗了下来，远方的天边还有最后一抹亮光。太阳正在依依不舍地与大地暂别。因为温哥华的上空经常有雨云出没，所以太阳与大地的短暂告别便往往会演绎得既华丽又隆重。洛杉矶的风景则与此大不相同，那里的天空总是澄澈的，傍晚的天幕像是由透明的浅蓝色丝绸缝制，做工精美，一丝线头都没有留下。

在洛杉矶的时候，安泊就经常觉得那里的傍晚美得那么不真实，仿佛自己不配拥有似的。

接下来应该做什么呢？

天边最后一抹亮光消失了。夜幕彻底闭合。四周是真正的黑暗。一旦全黑下来，温哥华和洛杉矶也就没有太大的差别了。

安泊魂不守舍地沿着阿尔伯塔路往西走，不知不觉就走回到了小学前面。她正要下意识地横穿马路，这时看到对面出现了一个熟悉的身影。那人低着头，正从小巷深处快步走出来。安泊本能地想躲开，可身后是空旷的小学操场。那人在过马路之前习惯性地先向左看再向右看，目光从左到右移动的过程中，顺理成章捕捉到安泊的身影。

两人目光相遇。是文德尔。

安泊眼睛一亮，心头一扇紧闭的门被不合时宜地豁然推开。她想起来，自己曾经和这个人约会过一次，那是三年前的事情了。不过那天话不投机，只在一起喝了一杯酒，然后就分道扬镳了。所以其实也谈不上约会，忘记那件事也很正常。也许不是被忘记，只是被覆盖。这些天里，自己一脑门子琐事。他想做生意，我想卖房子，一拍即合，合作愉快。如此而已。

她这边心潮翻滚，那边文德尔则已经轻松、愉快、自然地穿过街道，来到了安泊的面前。

"哈罗，"文德尔向她打着招呼，"你好吗？"

安泊瞬间出了一身大汗，仿佛刚刚被一根稻草从忘川之水里捞了上来。"不太好。"安泊说。

英语里的"你好吗?"纯粹礼节,人家并不是真想知道你过得怎么样,所以回答也应该是礼节性的,可以说"很好",也可以说"还行",真实的意思都无非是"我听见了你的问候"。

"不太好?"文德尔似乎怀疑自己的耳朵,"你说'不太好'?"

这一下,安泊把一切都想起来了。七年前,第一次见到这个人的时候,被问到想买什么样的房子,安泊侃侃而谈:"我想买一座'中途房'。"她是想用"中途"表达过渡的意思,但"中途房"在英文里有特定的含意,指的是政府为刑满释放的犯人建造的,让他们住在里面逐步适应社会的一种设施。三年前两人一起喝酒的时候,文德尔偶然提起这件事,安泊这才知道"中途房"的真正意思,不免有些恼羞成怒,当即告辞回家。

"不太好。"安泊瞪着文德尔,瞬间穿越回当年的爱恨情仇之中,"不是说错了,也不是口误,我就是想说'不太好'。"

"发生了什么事?"文德尔关切地问。

安泊泄了气,耸耸肩说:"其实也没什么。噢,你在这儿干什么呢?"

"我测一下从你家步行到小学所需要的时间,"文德尔审慎地解释道,"刚刚有个客户打电话问我。"停了一下,他带着讨好的语气说:"对了,你的房子很抢手,一下午我已经接了五六个问询电话了。"

"嗯,"安泊淡淡地说,"也未必是好事。"

"对不起?"文德尔再次怀疑自己听错了。

"我也许不走了。"

"真的吗?"文德尔的嘴角痉挛了一下,不知是哭是笑。他镇定了一下自己,随后用半开玩笑的语调说:"不走也可以卖房子啊。"见安泊没有任何反应,他又干巴巴地加了句,"如果你不想卖房子了，只要通知我一声，我就把广告撤下来。很简单。"

"我只是在犹豫，"安泊尽量表现得若无其事，"只是也许。"

"没关系，"文德尔耸耸肩，不知是安慰对方还是安慰自己，"人们常常改变主意。"

看着文德尔似笑非笑的样子，安泊猜测他从没忘记往事。"我能请你去喝一杯吗？"安泊问。

文德尔立刻眉开眼笑："为什么不呢？我最喜欢喝一杯了！"

"去哪里？我对酒吧不熟。"

"咱们回去开车，边走边商量。"

为了测量从安泊家步行到小学所需要的时间，文德尔把车停在了安泊所住小区的公共停车位里。当下两人肩并肩地往回走，先下了阿尔伯塔路，再走上那条九曲十八弯的可以通车的小路，沿着小路走了一阵，就到了安泊所住小区的西南角。从这里一直往前，就上了那条不能通车的小巷；若是往右拐，穿过一道木栅栏，就可以进入小区公共停车场。

安泊侧过头来，对文德尔说："到我家去吧？"

文德尔的拒绝听起来天真无邪："你家又没有能喝的。"

"其实是有的。"安泊笑得颇为意味深长。

"那……好吧。"文德尔将信将疑，但仍然紧紧跟在安泊身后。

drinks 这个词在英语里特指"酒精"类饮料。今天下午签约的时候，安泊曾问过文德尔要不要喝些 drinks。文德尔反问："你有什么？"

水、橙汁、牛奶。

"在英语里，水就是水，橙汁就是橙汁，牛奶就是牛奶，它们都不是 drinks。"文德尔说。

记得当时安泊还为此生了一阵闷气。

两人一起走到安泊家的后门。安泊把钥匙插进锁孔里轻轻一转,却发现自己根本没有锁门。她没有声张,比画了个开锁的动作,然后把门推开。进门之后是一个窄窄的门厅,她低头看了眼鞋架,没有爱莉丝的鞋。

"你女儿睡了?"文德尔轻声问道。

安泊走在前面,似乎咕哝了一句什么。文德尔没听清,但也没有追问,就那么不求甚解地跟着安泊上了二楼。只见安泊径直走进厨房,胸有成竹地将一把椅子拉到橱柜前,站上去,一手拉开最高的柜门,另一只手伸到柜子角落里,从里面划拉出五六个小瓶子。都是巴掌大的试用装,有 grey goose,有 bailey,有 Johnny Walker 等等。

文德尔瞪大眼睛,仿佛见证了奇迹:"你什么时候买的?"

安泊笑而不答,只是有些嗔怪地说:"还不快过来接住!"

文德尔乖乖地走过来,从安泊手里接过那堆小瓶子,稳稳地放在厨房台面上。然后他拿起一个,看一眼,放下,再拿起一个……一边看一边评论道:"你的口味还挺多样化的。"

"我只是什么都想试试。"

"看得出来。"文德尔兀自笑了一下。然后他猛一回头,见安泊还站在椅子上,就向她伸出手去。安泊拉住他的手,从椅子上跳了下来。文德尔顺势搂住她的腰,把她拉进自己怀里。

两个人像认识了很多年一样,自然地接起吻来。

我这是在干什么?安泊问自己。

文德尔好像有心灵感应,他忽然放开安泊,认真地问道:"你是这个意思吗?我不会理解错了吧?"

安泊有点儿不好意思。她目光游移,最后落到酒瓶上:"嗯,我们还是先喝一杯吧。"

"当然。"文德尔放开安泊，从冰箱里拿出冰块和果汁，调了两杯鸡尾酒。他递给安泊一杯，自己端起一杯。两个人的杯子轻轻碰了一下，文德尔说："cheers！"

安泊端起杯子一饮而尽。

文德尔露出惊愕的表情。

"好喝。"安泊说。

"再来一杯？"

"行。"

"嗯，一模一样的，还是换一种？"

"换一种。"

文德尔拿出牛奶，又调了另外一种。安泊端起杯子还要一饮而尽，文德尔拦住了她。他拉起安泊的手，带着她走向客厅。

两人在面对壁炉的沙发上坐好，安泊又迫不及待地端起了酒杯。

"现在可以喝了吗？"安泊问。

"喝吧。"文德尔眼巴巴地望着安泊，好像舍不得那杯酒似的。

安泊一饮而尽。

"怎么样？"文德尔问。

"很不错，"安泊说。停了一下，安泊解释道："其实我知道 drinks 是什么意思，只是好久不用，忘了。当年我想写电影的时候，看了好多片子。比如《广告狂人》，我发现里面的人经常互相问：want a drink？那意思就是：你要不要喝杯酒？"

"对呀，"文德尔说，"想喝水的话，还需要别人请吗？自己去饮水机就行了。"

两个人都笑了起来。

文德尔问："所以，下午我走后，你又出去买酒了？"

"不是，"安泊摇头，"实话告诉你，那酒已经买了好几年了。

买了之后偷偷放在柜子里,不想让我女儿看见,结果连我自己也忘了。"

"这样啊,"文德尔说:"看来是受到了我的影响。"

安泊说:"毋庸置疑。"

"好吧,"文德尔把手搭在安泊的肩膀上,"我就当作是对我的恭维。"

安泊搂住文德尔的脖子,闭上眼睛。文德尔喝掉自己杯子里的酒,把杯子放下,也搂住安泊。他们再次接吻,这一次吻得比上一次深入,两个人都心跳越来越快,呼吸越来越重。只是,这一切来得毕竟有些突兀,两人对于如何走出下一步都有些迟疑。又过了不知多久,文德尔放开安泊,支支吾吾地说:"我忽然想起,我的车停在了公共停车位上。我能不能把车停到你家车库里?"

"当然。"安泊轻轻地但是坚决地回答。

文德尔立刻站起身,一秒钟也没耽搁就下楼去了。安泊留在二楼客厅里,能清楚地听到车库门哐叽哐叽地向上卷起的声音。

她眼前又出现了自己那空荡荡的车库。

把那些杂物清理掉,最耗费时间和精力的就是做决定。安泊虽然在搬家这件事上义无反顾,但是轮到处理杂物的时候却又优柔寡断。一不耐烦她就想找个车,把东西全拉到堆埋场去扔掉算了。但是不行,没有一个垃圾场肯不由分说接受全部破烂。这是一个分门别类、秩序井然的社会,不存在一劳永逸的解决方案。

文德尔的作用就是在这时体现出来的。他每星期都会来看望安泊一次,面对犹豫不决或不知所措的安泊,他每次都能给出明确的建议和深具可操作性的方案。记得安泊曾经看见过一句广告词:"你又少了一个需要做的决定。"文德尔对于安泊来说,就意味着可以省掉的那些决定。

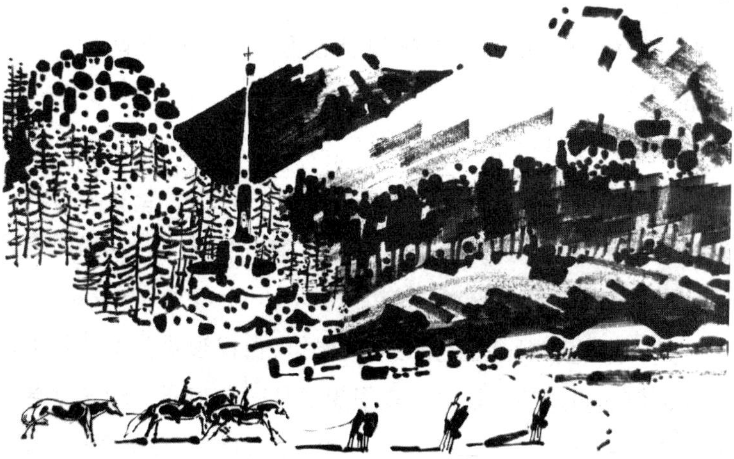

楼下传来汽车发动机的声音，安泊想象着文德尔的车顺畅地滑进车库。

安泊这座镇屋是前后双车库，停车难度本来就大，再加上她从前开的车是一辆车体很宽的 Caravan，车库两侧又堆了些杂物，对停车技术的要求就更高了。最开始的两年，每天一出一进，车身两侧的探测器不停地嘀嘀响，好像是在尖细着嗓子喊"不行，不行"。尔湾的房子是并排双车库，安泊练出来的那点儿雕虫小技也就没有用武之地了。

她不禁想起了文德尔来敲门时心里刹那间的温暖："home, sweet home"

"生活给了我想要的东西……"

安泊已经很多年没有过亲密关系了。她起初有些缺乏自信。好在她的对手秉持着一贯的风格：总是能拿出明确的建议和深具可操作性的方案，安泊于是渐渐进入状态。

只是，她的意识追上她的身体之后，仅仅短暂停留了片刻，便又一阵风似的飘走了。安泊其实很想抓住一些感觉，但是她再一次发现：这是一个不可能的任务。她的注意力总是在关键时刻逃跑，她总是一不留神就让叙事滑向了比喻。过后她能记住的，永远只是那个被用来打比方的媒介。

这一次，她不无自嘲地想到了"老房子着火"这个说法。一切沉睡的材料都被点燃，变成了能量，加入到壮观的燃烧之中。火焰从门、窗喷薄而出，以至整间房子都变成了一只燃烧的气球，向上飞升。飞啊飞，挣脱地心引力，混入天际，变成太空中的垃圾。

垃圾。安泊心里一沉，这个词好熟悉啊。垃圾到底扔哪里了？想起来了，在"安·泰勒"纸袋里，进静家时把纸袋放在门厅鞋柜旁边了。

气球开始飘飘荡荡地下坠。

在加州的时候，有一次谈起班上新来的同学。安泊问："他们家为什么移民啊？"爱莉丝说："移民还需要理由吗？亚洲家长不都是一打包就搬家吗？"爱莉丝的原话是 pack up and move，很普通的几个单词，被她连在一起这么一用，安泊眼前就出现了一群做事又盲目又干脆利落的生物。这孩子就是有语言才能。

你听听，你英语多好！要是我小时候我妈也一打包就搬到加拿大，我高兴还来不及呢！

不过，这也许并不是真的。此时此刻，在不可抗拒的下落中，安泊突然对自己产生了怀疑。

那一年，自己十二岁，比现在的爱莉丝大一岁多。

安泊的母亲是北京人，父亲是东北人，两个人在大学期间谈起了恋爱。在 20 世纪 60 年代，毕业生如果要求被分配到一起，就只能去别人都不想去的地方。安泊的父母就这样去了大西北的一个军工厂。生下安泊后，他们又把安泊送到北京姥姥家寄养。

安泊十二岁那年，父母想办法调回了大城市。不过，两人一起回北京肯定不行，于是他们选择了石家庄。

把家安顿好后，安泊的父亲就来到北京接安泊。

普通人家在那时根本没有电话。也许她父亲给她姥姥写过信，但姥姥又认为这种事根本没必要事先通知本人。总之，在安泊十二岁那年夏天的一个黄昏，父亲走进安泊姥姥家，对安泊下达了命令："收拾东西，跟我回家。"这八个字如果翻成英文，不多不少正好就是：pack up and move。

更巧的，父亲给出的理由也是一模一样的："为了你的学习。"安泊在北京没有正式户口，上不了重点中学。

安泊跟着爸爸回到石家庄，复习了一个月便考上了重点中学。

不过安泊住在父母家总觉得别扭，她以为这不是自己的家。暑假里的一天，因为一点琐事与母亲拌了嘴，安泊便拿出自己的零花钱，到火车站买了张去北京的车票。

生活的脚步一刻也不曾止歇。安泊刚离开，舅舅一家就搬了进来。安泊从前的小床上现在睡着舅舅的儿子。姥姥和舅舅低声商量了半天，最后让安泊睡到了沙发上。第二天早晨，舅舅和舅妈去上班，表弟去上幼儿园。安泊没有地方可去，只能待在家里和姥姥面对面。安泊这时才冷静下来，意识到她这已经算做客了。

厚着脸皮住到第三天，安泊的父亲来了。还是黄昏时分，回程还是同一趟列车。这一次，父亲连"收拾东西，跟我回家"都没说。姥姥早已经把安泊的小包收拾好，一见父亲进了门，立刻将小包递给了她。

安泊拎着自己的小包，蔫头耷脑地跟在父亲身后来到了北京火车站。她心里委屈，所以路上一直抽抽搭搭的。火车开动了，父亲打开一张《参考消息》。安泊兀自哭一阵儿想一阵儿，想一阵儿哭一阵儿。对面的人时不时往这边嫌恶地看一眼。终于，父亲放下了报纸。

安泊心里一阵紧张。父亲到底要说话了。

父亲说："有件事儿，我得告诉你。"

这口气实在是太陌生了，安泊向父亲探询地看了一眼。只见父亲表情严肃，嘴角、眉梢却又流露出一丝淡淡的嘲讽。安泊心里一颤，这表情似乎在哪里见过。

父亲说："有件事儿，你应该知道。前些年，本来有一个机会，你姥姥可以给你申请北京户口。"

安泊住在姥姥家，需要每半年申报一次临时户口。大概是三年前，新来了一个片警。在审批临时户口的时候，他做了一次家访。

新片警给姥姥提了一个建议:"像您外孙女这种情况,可以给她申报一个正式户口。"

"行吗?"姥姥有点不敢相信。

片警说:"我也不敢打包票,但是可以试试。你年纪也大了,儿女都是因为支援三线建设而不在身边。这些都是理由。甭管成不成,先把理由说清嘛。"

当时安泊就在现场。那时她九岁,也许十岁,还不太懂这番话的重大意义。父亲的点拨激活了沉睡的记忆。

"后来呢?"安泊问。

"你舅舅反对。"

舅舅反对?这怎么可能?"为什么?"

"他正在给你舅妈办理调动,他想把一家人都调回北京。"

"不会吧?"安泊皱起眉头,实在不能相信。舅舅对她多好!一到夏天,舅舅的工厂就会发防暑降温冰棍,舅舅隔三岔五都要给安泊捎一饭盒冰棍来。饭盒外面用好几层毛巾包着,裹得严严实实。打开毛巾,冷气扑面而来。

"派出所给你姥姥一份申请表。你姥姥寄给我,我填了表签了字。然后你姥姥让你舅舅把表交到派出所去。你舅舅在路上把表弄丢了。"父亲的声音冷静,不动声色,实事求是。

"不就是一份表吗?"安泊意识到自己处了下风,她不能提供新的事实,只能提供主观判断:"有了表也不一定能批。"

父亲不再说什么。该说的都已经说完了,他还有《参考消息》要看呢。

"表,发给咱们表了,这事就成了一半!"舅舅的声音回响在安泊的耳边。安泊六岁那年,舅舅带她去小学登记。安泊没有北京户口,但是舅舅跟校长讲了一番道理,说安泊的父亲在大三线为社会主义军工事业而奋斗什么的,于是校长就把表发给了舅舅。

初春的街道上,舅舅一手拉着六岁的安泊,一手挥舞着表格:"发给咱们表了,这事就成了一半!"光秃秃的杨树枝在春风中快乐地颤抖。

安泊哭了。这次不是抽泣,而是恸哭,像一只在争斗中被打败的动物。

对面的人好像在跟父亲说话:"有完没完?这要哭到什么时候?"

父亲没有搭腔。那个人似乎是在自言自语:"对小孩子,要么就哄要么就打,你跟她讲哪门子道理啊?"

现在大家都知道没人愿意要她了。

安泊噌地站了起来,跌跌撞撞泪眼模糊地冲到了车厢尽头。她进了厕所,把门闩上。奇怪,一到了没人的地方,她的悲伤就减轻了很多。她放松下来,把脸转向了窗外。

窗外是一马平川、无甚特色的华北平原。火车在飞驰,防风林无边无际,模糊糊毛茸茸地从眼前闪过。

她终于回想起曾经在哪里见过父亲的那种表情了。刚上小学的时候,有一次学校开例会传达黄帅的事迹。安泊听得一知半解。那个故事似乎是说:学生不一定非要听老师的话。那么,是全都不听呢,还是有些听有些可以不听呢?于是,等教室墙上的小喇叭宣布"今天的广播到此结束",安泊就举起手,向班主任提出了自己的问题。老师怎么回答的她早就忘记了,老师的表情——那么一种诡异的似笑非笑——她却牢牢地记住了。

安泊一向是好学生,每次举手发言都能得到老师的热情回应,只有那么一次,不知为什么遭到了冷处理。

有人在敲门。安泊以为是父亲来找她了,便红着眼睛把门拉开一道小缝。门外站着列车员,手里拎着一串钥匙。

"你怎么了？"列车员瞪着她。

"我没事。"安泊灰溜溜地出了厕所。

"是不是拉肚子？要不要黄连素？"好心的列车员冲着她的背影喊。

"真的没事。"安泊磨磨蹭蹭地向自己的座位走去。她要尽量拖延时间，好解开心里的疑团。

对呀，父亲也是当老师的，自己怎么竟然忘了？

安泊的父亲在大西北是个工程师，调到石家庄以后才改行当了老师。安泊对父亲的了解十分有限，主要的原因是姥姥不喜欢谈论他。她曾经有过一张父亲的照片。照片上的父亲英姿飒爽，手握羽毛球拍，站在球场边上。这是父亲在大学时代与母亲恋爱时互赠的礼物。姥姥有一天整理相册，将这张照片抽出来，扔进了垃圾筒。安泊偷偷地捡起来，带到了学校。

课间休息的时候，安泊把照片拿出来，指着照片对同学们说："这就是我爸。"

"你爸是干什么的？怎么从来没见过他？"同学们问。

"我爸是个特务。"她故意耸人听闻。

"特务？你爸是特务！"同学们大呼小叫。

"特务不等于坏人。特务就是执行特殊任务的人。好人也执行特殊任务。"安泊喜欢看小说，对词汇的理解比同龄人要灵活。声称父亲是"特务"，一方面是她精心设计的叙事效果，另一方面也是偷藏父亲照片这件事本身带给她的灵感。

可惜，没有一个同学们理解她的"包袱"。"但是你爸长得挺好啊。"大家深表惋惜。

的确，安泊的父亲长得很帅，甚至堪称美男子。他要是没有些优点的话，母亲何至于会跟他私奔去大西北？私奔。没错，安泊的姥姥就是这么理解的。在姥姥心里，这桩婚姻始终没有得到谅解。偶尔，姥姥还会耿耿于怀没头没脑地骂上一句："小白脸！"

爸爸的脸白吗？小吗？安泊经常对着照片琢磨。

有一回，父亲出差到北京。因为在火车上坐了一夜，所以他进了姥姥家门之后，饭也没吃，倒头就睡。中午安泊放学回家，赫然见到大床上躺着一个男人。这个男人肩膀裸露，胸部以下盖着毛巾被。这是安泊第一次看见父亲的肩膀。这个男人，不仅有脸，还有肩膀。

姥姥家一共有两间房子。姥姥把安泊拉到小房间里，让她在那里吃饭、睡午觉。整个中午，安泊和姥姥的一切动作都是轻手轻脚的。睡醒午觉之后，安泊趁姥姥不注意悄悄走进大房间，故意东磕西碰，弄出一些声响。

正在熟睡的父亲动弹了一下。他的眼睛还闭着，他的胳膊开始四处乱摸。嗯，他不仅有肩膀，还有胳膊。安泊目不转睛地看着，想看看他到底还有些什么。父亲摸到了搁在床边的眼镜，他把眼镜戴上，欠身坐了起来。

恰在此时，姥姥冲了进来，硬把安泊拉走了。父亲似乎还在半梦半醒之中，迷迷糊糊地冲安泊招了招手，门就被姥姥关上了。安泊伫立在门外，心里一阵怅然若失。她已经看熟了父亲的脸，父亲在她心目中一直是平面的。生平第一次，她意识到父亲是一具实实在在的肉体，而正是这具身体，将"私奔"这个词支撑了起来。那天下午放了学，她一溜烟地跑回家，脸红心跳地推开大房间的门，但是父亲已经不在了。据姥姥说，是去一个什么地方开会了。唉，肯定是个只有特务们才能参加的秘密会议。那张脸、那副肩膀、那对胳膊，已经在钢铁纪律的管束之下了。安泊心里涌起一种痛彻心扉又荡气回肠的惋惜。

其实，他就是一个老师罢了。

飞驰的火车上，安泊一步一个脚印地朝着安老师坐的地方走去。唉，他其实就是一个老师罢了。夜幕已经降临，车厢里的灯刹那间亮起。安泊眼前忽然一亮，顿时觉得从前的自己十分可笑。多年来与父亲有关的种种复杂、黏稠的感觉在刹那间被稀释、冲刷、荡涤得一干二净，一种破茧而出的轻松感油然而生。

不堪回首，不堪回首，跟一个老师较什么真呀？

安泊从此与家人相安无事地在一起住了三年，直到高一那年考上了寄宿中学。

从寄宿中学开始，安泊在同学中就以"酷"著称。只不过，当年她们并不使用"酷"这个词。她们用哪个词呢？安泊也记不太清了，也许是"潇洒"？安泊的潇洒最初体现在不恋家，后来就渐渐变成不恋一切了。当然，安泊内心深处也并不总是像她展示给外人看的那么无所谓，她也有过痛心疾首、心在流血的时候，只不过她有一套转移注意力的方法罢了。这世界上没有什么不能转移的焦虑，在此时此地人命关天的大事，换个时间，换个空间，也许就只能算是人生的花絮了。

然后又告诉我毫无意义。

她只在一件事上不够"酷"，那就是生了爱莉丝。大概人在年纪尚轻、青春尚在的时候，总免不了随波逐流吧？

然后又告诉我毫无意义。

安泊轻轻叹了口气。

"你怎么了？"文德尔问。

"没什么，"她坐起来，问文德尔："你还能开车吗？"

"能，"文德尔说，"我只喝了一杯。"

"嗯，"安泊沉吟了一下，"我还有点事要做。"

"当然,"文德尔说,"我正打算走。"

两人友好地轻吻了一下,然后文德尔松开安泊,坐了起来。安泊默默地看着他手脚麻利地穿上了衣服。文德尔刚要离开,却又忽然被床对面墙上的挂钟吸引住了。

那个钟是他送给安泊的。

为了让房子好卖,文德尔给安泊出了很多主意,希望她把家布置得像样板间那么漂亮。安泊则是既不想花钱又不想花精力,所以一味地在执行中打折扣。前几天,文德尔在处理品商店看到这只钟,才十九元,就自作主张替她买了来,又帮她挂在墙上。这面墙本来空空荡荡,十分乏味。有了这只钟,的确增色不少。但既然是装饰,安泊就连电池都懒得装。

"这钟刚买来就坏了?"文德尔皱着眉走上前。他摘下钟,翻转过来看了一下,发现电池盒里是空的。"应该有附带电池的啊?"他举着钟,转过身来问安泊。

"我没装,"安泊不好意思地笑了一下,"我想,等把房子卖出去,你还能把它退掉。"

文德尔耸耸肩,露出无可奈何的笑容。

安泊赶紧说:"电池在客厅里,电视柜下面的抽屉里。我这就去拿。"

"我去吧。"文德尔二话不说走出了卧室。透过半敞着的门,安泊看到他走到楼梯口,随后一点一点地降到视野之下。

夜深人静,文德尔在楼下的一举一动安泊都听得清清楚楚。安泊也翻身起来,从地板上抓起了自己的衣服。

她忽然听到一阵微弱的手机铃声,随后是文德尔大踏步上楼梯的声音。手机铃声越来越近。

安泊下意识地把手伸进裤兜里一摸。手机不在。

"你的电话，"文德尔走了进来，把安泊的手机递给她。

安泊慌忙接过来。手机上已经有了十多个未接电话，全是静打来的。她赶紧按下了接听键。

"安泊，"静在电话中惊慌地说，"妮娃不见啦！"

从安泊家到静家，开车不过三分钟，安泊在路上简单地告诉文德尔：爱莉丝和她的朋友不见了。她的叙述给文德尔一个印象：爱莉丝去朋友家玩，然后两人一道不见了。

但静没有给安泊留任何余地。见到安泊披头散发地走进来，身后还跟着一个陌生男人，她的愤怒与鄙视就再也压不住了："贱女人！女儿都丢了还在跟男人鬼混！"

文德尔虽然听不懂中文，但也看出静的情绪不对。静唯恐文德尔听不懂，特地用英语补了一句："Bitch！"

文德尔立刻跨前一步，似乎是要保护安泊。

安泊把文德尔扒拉到一边，表情尴尬地问静："你是……怎么发现妮娃不在的？"

"这很重要吗？"静已经抓狂了："你能不能问点有用的问题？"

"都是我不好，"安泊低声下气地说，"是我没管好孩子。"

"说这个有什么用！"静瞪眼叉腰，用尽平生力气向安泊吼道。

"是这样，"安泊尽量心平气和地解释，"如果你确定妮娃是和爱莉丝在一起，这倒是好事。两个人在一起，不管怎么说更安全一些。"

静没说话。

"你确定吗？"安泊追问道。

静摇了摇头，气焰低了一些："不过，还能怎么样呢？我们家妮娃怎么可能无缘无故自己离家出走？"她一边说，一边双手神经质地摩挲着手机。

"静，我记得你说过你有妮娃'脸书'的密码?"安泊试探地问。

静的嘴角抽搐了一下，气焰更低了。

原来，这正是静得以发现妮娃不在的由头。

静虽然赶走了安泊，但并非铁石心肠。等到那个盒子里再也没什么可看的节目了，她的情绪也平复了下来，于是决定帮安泊打探一下消息。

书房里的电脑是她和妮娃共用的。她根本不需要记忆密码，凡是妮娃使用的社交媒体、电子邮箱，每次都能自动登录。今天很不巧，"脸书"没有自动登录。她凭记忆输了几次密码，每次都被告知密码不对。她想找回密码，却又忘记了当初设置的"安全问题"及其答案。一切迹象都显示妮娃故意修改了密码。造反了！她怒气冲冲地推开妮娃的房门，却发现她根本不在房间。已经半夜2点了。静把全家每个角落都找了一遍。这孩子究竟是怎么在自己眼皮底下溜走的呢？

"静，"安泊以为她没听到自己的话，"你能不能查一查妮娃的'脸书'？"

静抬起头，目光失神："她换了密码。"

文德尔纵然听不懂中文，这时也看得出两个女人已经化干戈为玉帛。他及时地捏了捏安泊的肩膀。

安泊赶紧把最后一句话翻译给文德尔听。

"既然这样，那就更应该从'脸书'找起。"文德尔说，"为什么要更换密码？因为她们知道自己会在那里留下线索。"

静的脸色瞬间开朗起来，脚下安了弹簧一样噌地跑上了楼。

她手里拿着一张纸回到楼下，纸上印着若干同学家长的联络方式。静开始按名单顺序打电话。毕竟已经是凌晨2点多了，电话即使打通也没人接，静只好在电话机上留言，寄希望于明早第一时间能得到回复。终于有一个人接了电话，原来对方正在中国。家长表示爱莫能助，因为孩子在中国上不了"脸书"。

安泊和静商量好了分工：静负责在家里打电话，安泊和文德尔开车出去找。

文德尔开着车，像梳子一样沿着周围的几条大街小巷来回穿梭。

"那个女人为什么对你这么凶？"文德尔问。

安泊顾左右而言他："真对不起，还得耽误你的时间。"

文德尔大方地说："没关系，反正我也睡不着。"他侧过头来看了安泊一眼。安泊脸上的表情让他有些意外。

"没关系。"文德尔不由自主地重复了一遍，声音里有了些距离感。

安泊有些后悔说那么不咸不淡的话。她是真心想感谢文德尔。别的不说，她现在已经连车都没有了。可是，怎么措辞才能显得真诚呢？这么刻意一想，她反而更不敢随便张口了。

半个小时过去了。

安泊慢慢冷静下来，意识到这简直就是在大海捞针。早在加州的时候，安泊就在电脑上发现过一条搜索记录："我十岁，我要离家出走，应该怎么做？"

这一代人离不开网络，连离家出走都要先上网查查攻略。爱莉丝有个iPod，她总是把它揣在牛仔裤的兜里，在街上碰到免费wifi就会掏出来看一眼。她现在最大的可能是在一个能上网的地方。

文德尔立刻表示赞同。

附近有两家二十四小时咖啡馆，分别在两个购物中心。应安泊的要求，文德尔没有停车，只是开着车从咖啡馆前面缓缓经过。咖啡馆里客人不多，透过窗户便能一览无余。这两家店面对的是不同的消费群体。一家店里坐着几个中年人，有男有女，各自正襟危坐对着电脑埋头工作；另一家店里则是年轻人居多，六七个大学生围坐在一张长条桌四周，边讨论边做功课。一对二十多岁的年轻男女，坐在靠窗的桌子旁，含情脉脉地互相注视。

只消看上一眼，安泊就明白：爱莉丝不会待在这里的。

爱莉丝对于环境很敏感。也许正如静所指出的：经常搬家的孩子就会这样。

爱莉丝曾经追过一个网络红人。那红人自然是有名字的，但安泊记不住，便在自己心里给她起了个外号"贫丫头"。爱莉丝刚迷上她的时候，"贫丫头"还只是个高中生，每天通过自己的 YouTube 账号发布视频："嘿，你们猜，我又得到了什么？一副耳环！陶瓷的，珍珠色。要戴这副耳环，我先要改变肤色。看，这个浅棕色的粉，一喷，好了！"这些都是爱莉丝翻译给安泊听的。"贫丫头"是中部口音，再加上语速极快，用词低龄，凭安泊的听力，只能听到"叽叽喳喳"一阵"鸟"叫。

后来"贫丫头"进了加州大学洛杉矶分校。"你的偶像都到了加州耶！"安泊说。其实洛杉矶分校离尔湾还有四五十公里呢。终于有一次，"贫丫头"要在尔湾附近的"时尚岛"购物中心举办粉丝见面会了。那一天安泊特地让爱莉丝多写了一篇作文，然后才开车带她去了"时尚岛"。

一进 Nordstorm①，她们便看到一大群花枝招展的女孩子们在排队。一位一身黑衣的女子正在队伍的尽头为粉丝签名。因为离得太远，安泊也看不清那是不是爱莉丝追了两年的"贫丫头"。

"是这儿吗？"安泊问。

---

① 一家百货商店的名字。

"是——吧——"爱莉丝迟疑地说,声音低了八度。

"你问问呀!"安泊提醒她。

爱莉丝往前张望了一下,站在她前面的两个姑娘穿着吊带裙,眉飞色舞地聊着天。

"问问呀,"安泊催她,"你英语好。"

爱莉丝不说话,偏着头用余光往后看。陆续又有几个姑娘走过来,排在了她俩的后面。

安泊和爱莉丝就这样被一群小"贫丫头"们包围在中间了。

安泊终于看明白了:爱莉丝有点不自在。那些排队的粉丝们都在十五岁上下。爱莉丝虽然个子不输她们,但是和真正的少女一比,立刻就能显出她其实还是儿童。

加州女生究竟是怎么长的?安泊也觉得困惑。在爱莉丝这个年龄段,这里的女孩子似乎比温哥华的还幼稚:"我们还不到十三,不能有'脸书'。"然后,仿佛一夜之间,她们就长成了少女,身材茁壮,青春逼人。

而爱莉丝,恰恰卡在蜕变的过程之中,已经开始起跳,但还没能一飞冲天。

"都是像你一样的年轻女孩子啊,"安泊挤眉弄眼,暗自得意,"你自己在这儿排队吧,我去找找看有没有中老年柜台。"

"别,你别走!"爱莉丝一把抓住安泊的胳膊,眼睛里闪出飘忽忽怯生生的神情。

"好吧,我陪着你。"安泊叹了口气,仿佛做出了重大牺牲。

其实,爱莉丝那怯生生的眼神让安泊心里多么陶醉啊!

这是一个全新的国度,一个我不熟悉你也不熟悉的地方……

去加州真的是为了爱莉丝啊,安泊忽然什么都明白了。

要是早一些明白过来就好了。安泊眼前闪现出爱莉丝在地毯上快乐地打滚的样子。她曾经有过多么好的机会!

她觉得自己脸上发烫,不知不觉流出了懊悔的眼泪。

文德尔轻轻拍着安泊的肩膀:"不在吗?别急,咱们接着找。"

一旦哭出来,安泊就觉得好受些了。终于像个找不到孩子的母亲了。

"不在,"安泊抽抽搭搭地说:"要不,再去麦当劳看看?那里也有免费 wifi。"

文德尔二话不说,又发动了汽车。

三号路上有一家很大的麦当劳,据说是 BC 省第一家麦当劳。麦当劳的店面比咖啡馆大得多,无法从外面一览无余。文德尔停下车,安泊推门而入。几个流浪汉模样的人伏在桌子上打盹。两三个十几岁的半大小伙子在玩纸牌。爱莉丝能在这里找到归属感吗?安泊想起这里有个室外游戏区,于是穿过店堂,推开通往室外游戏区的门。

皎洁的月色下,一个满脸倦容的妈妈坐在椅子上,茫然地盯着眼前的大型迷宫。迷宫的外壳被聚光灯照得锃亮,迷宫里面传出扑通扑通的回响,外加精力充沛的笑声。

安泊一下子就被那张脸上毫不掩饰的疲惫与厌倦打动了。人为什么会崇拜演艺明星?就是因为他们善于表演,能把你内心深处的情绪完美地用面部和肢体表达出来。此刻,安泊就像追星族见到偶像一样,扑通一下坐到了那个女人的对面,就差五体投地了。

我实在是……太累了。安泊在心里大声辩白,刚刚还萦绕在心头的悔恨现在又消失得无影无踪。搬家对于她来说从来都易如反掌,只有这次举步维艰。这都因为爱莉丝,因为她必须生拉硬扯着一个不情愿的爱莉丝。

她实在是无法向爱莉丝投入更多了。她想起自己那些写了半截的小说和剧本，中文的、英文的。她和爱莉丝终究是两个人。

难道这次搬家没有一点点为了自己的因素？

假如没有爱莉丝……

她忽然浑身一颤，不禁悲从中来，似乎因为自己片刻的胡思乱想，爱莉丝已经出事了，再也回不来了。

那个满脸倦容的妈妈目睹了安泊一系列的情绪变化，就像看了一场惊悚戏似的。她一脸惊慌地逃开，三步并作两步跑到迷宫入口处。

"罗伯特！出来！"她声嘶力竭地朝迷宫里喊。

"进来，进来！"一个男孩在里面一边尖声喊一边咚咚咚地跑。声音忽上忽下，忽远忽近。

安泊意识到自己的失态，立刻捂着脸跑向了厕所。

"罗伯特！快出来！"

那女人继续喊叫，声音凄厉恐怖，引得柜台那边的两个营业员探身向这里看了一眼。随后，身材较高大的那个服务员便向游戏区这边走来。

那女人跟服务员低声说了些什么，一脸惊恐地朝厕所方向指指点点。

安泊先是把自己关在厕所里，然后才发觉自己并不需要进到厕所里面来。她原本只是想到洗手池洗一洗鼻涕眼泪。她刚要开门出去，又听到有人在外面用力敲门，似曾相识的困境一下子让她乱了方寸。她从卷轴上扯下一段卫生纸，往脸上狠狠地擦去。可是擦完还有，擦完还有。

敲门声终于停了，安泊松了一口气。隔了不到半分钟，敲门声再次响起。好在，这个人敲得比上一个人轻柔。

"安泊，你没事儿吧？"文德尔一边敲一边问道。

文德尔一手托着两杯咖啡,一手拽着安泊的胳膊,将她拉出了麦当劳。安泊一边往外走一边不服气地问:"怎么回事?流浪汉都能待在里面过夜,我怎么连上个厕所都不行?"文德尔把她拉到车前,然后打开车门,示意她坐进去。

两人在车里坐好了,文德尔把咖啡递给她:"这个餐厅不久前刚出了一件命案,有个男人杀了他的前妻。"

"这样啊,"安泊恍然大悟。她拉下挡风玻璃上方的折叠镜子,对着镜子理了理头发:"我看起来像精神病人吗?"

"还好。"文德尔宽厚地笑着说。

"哼,你的意思是:差不多。"安泊一边说,一边接过咖啡。

文德尔的手轻轻搭在安泊的肩膀上:"爱莉丝不会有事的。加拿大很安全的。"

安泊没有说话,只是啜了一口咖啡。咖啡很烫,安泊的嘴唇抖了一下。

过了片刻,安泊说:"已经很晚了,你还是早点回去休息吧。"

"我没事。"文德尔说,"你打算怎么办?"

"我回家等静的消息。如果二十四小时以后还没有消息,我就报警。"

"有件事,不知该不该问。"文德尔谨慎地说。

"说吧,什么事?"

"房子怎么办,是不是先暂停展示?明早,哦,不,今早,我已经约了几个人来看房。"

"先暂停展示吧。"安泊说。

"好的,"文德尔点点头,"你放心,这些我都能处理。"

"真对不起。"安泊说。

文德尔做了个无所谓的表情:"这种事经常发生。"然后,他又意味深长地看了安泊一眼："最后一个问题。"

"说呀。"

文德尔说："昨天晚上我们俩刚刚见面的时候，我记得你说过：你也许不走了。"

"哦，是吧。"

"我能问一下你是什么意思吗？"

安泊想了想说："嗯，找不到爱莉丝，我肯定不能走。"

"不过，那时候爱莉丝的事还没有发生啊！"

安泊沉吟了一下，最后决定实话实说："已经发生了。"

"已经发生了？"

"已经发生了。"

"我不相信！"

安泊好像听到十二岁的自己在声嘶力竭地抗议："有了表也不一定能批！"她的脸上情不自禁地露出一抹似笑非笑："你刚才不是也感到奇怪吗，那个女人为什么对我那么凶？"她不紧不慢地说到，带着终于和盘托出的快感："因为她瞧不起我。在我今晚遇见你以前，爱莉丝就已经离家出走了。我已经去她家找过一次了。"

她从他的眼睛里看出他在回忆，在努力拼凑一条时间线。她耐心地等着他，直到他轻轻地"噢"了一声，仅仅代表领悟，不包含任何评价。她知道又一些宝贵的东西被她毁灭了。

两人静静地坐着，谁也不先开口。吞咖啡的声音在静夜里无限地放大了。

那个满脸倦容的妈妈出现在餐厅门口，强壮的右臂将孩子夹在腰间。孩子大概是没玩够，两条腿在母亲身后又踢又蹬。那女人用左手按下遥控器，拉开车门，双手协作将孩子放进车内的儿童安全座椅上，同时以迅雷不及掩耳之势飞快地给孩子系上安全带。之后她面无表情地坐进驾驶座，关上车门，发动汽车。孩子似乎还在哭闹、挣扎，但是已经无力改变回家的结局了。

车灯骤然亮起，仿佛怪兽的两只眼睛，刺破了黑暗。

那女人的车从文德尔和安泊面前经过，然后拐了一个弯，驶出停车场。刚刚被划破的黑暗再次合拢过来。顺着她离开的方向朝远处望去，安泊竟发现东方已经出现了一道极细的红光。

"再见吧，文德尔。"安泊说，感觉自己近乎无耻："今晚很美好。"

他还不肯放手。他的两只手在她脖子后边交叉在一起。

安泊有心推开他的手，但又迟疑着没动。

于是他再次抱紧了她。东方天际细细的红光不见了，代之以一条宽宽的灰白色光带。晨风吹拂在两人余烬未熄的身体上，激情之火再次点燃。这次虽然升温比较慢，但却是一个刻度一个刻度地向上爬升，更清晰，更确凿。安泊有点不安地感受着自己身体的背叛，听天由命地等着叙事滑向比喻的那一时刻。

安泊的手机偏在这时响了起来。

"我找到她俩贴在'脸书'上的照片了！"静的声音十分激动，带着重重的鼻音，"在一辆车里拍的。我现在先把照片给你传过去，看看你能不能认出地点。"

在一辆车里？被人绑架了？

过了半分钟，一张爱莉丝和妮娃的自拍照传到了安泊手机上。照片上的两个人看起来都挺高兴，没有丝毫被绑架的迹象。车里很昏暗，她们用了闪光灯，反而使车窗外的街景更加模糊，看不出明显的特征。

"可以肯定她们没有遇到危险。"文德尔说。他又端详了一阵照片，然后分析道："车不是在行进中，是在停车场里。夜里也能停这么多辆车,应该不是购物中心。会不会是车行?"

安泊的脑海里仿佛有一盏灯唰地点亮了。下午办卖车手续的时候,怎么也找不到备用钥匙,还为此被扣了五十块钱呢。"对!"她激动地抓住文德尔的手,"她们就在我下午卖掉的那辆车里!"

昨天下午和妮娃分手后,安泊带着爱莉丝去了车行。安泊和销售员谈话的时候,爱莉丝顾自走到落地窗前的等候区,在沙发上坐下了。安泊和销售员谈完,销售员拿了钥匙去试车,安泊便走到爱莉丝身边坐下。爱莉丝沉着脸,腾地站起来,一屁股坐到了对面的沙发上。

起初,安泊没搭理爱莉丝,顾自扭头望向窗外。她看到销售员坐进了她家的 Caravan,然后倒车、掉头,一气呵成行云流水地出了停车场。接下来,她发现爱莉丝也侧着头,睫毛忽闪忽闪地,视线追随着那辆车。

安泊心里忽然一动。等他回来,那辆车就不再是她们的了。七年的温哥华生活,就这样不留痕迹地结束了。安泊心里忽然涌起一种悲壮的感觉。她很想跟爱莉丝推心置腹地谈谈:听说过"美国梦"吗?这就是理由。加拿大虽然也不错,可是你听说过"加拿大梦"吗?

但是,如果她问自己:究竟什么是美国梦,自己又该如何回答呢?

安泊转过头,探询地望着爱莉丝,同时心情紧张地下意识地抚弄着自己手里的另一把钥匙。

是的,现在想起来了,那把钥匙当时还在自己手上。

爱莉丝注意到了安泊的目光,没等她张口便先发制人地说:"帮我问问 wifi 密码。"

安泊一阵释然,急忙起身向服务台走去。

安泊和文德尔站在车行入口处。她一眼就在停车场里认出了自己那辆 Caravan。那辆车是下班之前刚收的，还没来得及处理，故而仍旧停在车行主体建筑旁边。在那个位置上能接收到车行里的 wifi 信号，就一点也不奇怪了。

文德尔提醒安泊：你不能自己过去找孩子，那是擅闯私人领地。安泊只好打电话给车行。电话接通后播放了一段录音："欢迎致电某某车行，我们的工作时间是上午 9 点至……"

连打了几次都是电话录音。现在还不到早晨 6 点，安泊等不及了，决定去敲车行的大门。

"砰砰砰，砰砰砰。"

保安揉着眼睛一脸不情愿地走过来开门。

三个人一起往停车场里走。安泊目的明确地朝自己的旧车径直走去，保安则一脸狐疑地边走边用手电筒朝经过的每辆车里晃一下。

他们终于来到那辆曾经属于安泊的 Caravan 一侧。

两个女孩子睡得正香。妮娃躺在后排座上，爱莉丝蜷在后备厢里。安泊眼前又浮现出爱莉丝像小狗似的在地毯上打滚的样子，耳边回响着她天真的请求："永远不要买床，好吧？"

也许，一切都还来得及？

她在瞬间做出了一个决定：留下这辆车。

保安抬起手，气哼哼地拍打着窗户："出来！"

两个女孩惊恐地睁开眼，然后伸伸懒腰，揉揉眼睛。

保安呼啦一下把车门拉开。游戏结束了。

妮娃首先从车里钻出来。"对不起！"她哭丧着脸说。

爱莉丝紧接着从车里跳出来，一脸大义凛然，要杀要剐随你便的气势。

安泊抓住爱莉丝的肩膀，没头没脑地说："爱莉丝，我答应你，我们留下这辆车。"

爱莉丝本已做好最坏的准备，见到安泊的反应，有些莫名其妙："留下车？什么意思？"

"我们一路开到加州去！"安泊大声宣布，简直有些被自己感动了："我们一直往南开，就像每次去美国购物一样，只不过这次要走得远一些，要多开两三天。这样一来，我们不仅能留下车，而且还不需要过机场安检，你说好不好？"

"O——Okay。"爱莉丝似乎还是没有找到北。

从温哥华沿99号公路向南，依次经过列治文、三角洲和素里。列治文和三角洲之间有一条河，99号公路经隧道从河下穿过。过了隧道，公路两侧便是一派田园风光了。阳光很好，宽大的Caravan像一条船，安全地航行在时间的河流里。

安泊自己的感觉也挺好。风波已过，好事多磨。原计划经过修正，大方向还是得到了坚持。她们到加州会晚上几天，但也没什么了不起。路上一共要开二十四个小时，应该分三天呢还是四天呢？

爱莉丝坐在后面一声不吭，安泊也宁愿她保持沉默。她不想盘问爱莉丝昨天到底做了什么，就像她也不愿向爱莉丝交代自己昨天到底做了什么一样。

在安泊不顺利的写作生涯里，曾经有过几次，她在梦里构思出了奇妙的故事，甚至连细节都栩栩如生。于是，当她刚刚醒来的时候，她就会找出纸笔，奋笔疾书，希望能留住梦的痕迹。然而她书写的速度总是赶不上梦境后撤的速度。她写的时间越长，梦的魔力就会越淡。等到她完全清醒过来，再回头细看，却往往发现那其实是一个十分平常的故事。为什么会这样呢？在梦里它分明是奇崛曲折荡气回肠的啊！

和文德尔的肌肤之亲似乎就是这样一个梦。梦醒了，魔力消失了。即便曾经有过快乐，也是浅浅的，在大脑皮层上几乎没有留下任何痕迹。老了，记忆力减退了，一切感受都打了折扣。不知是好事还是坏事。走吧，走吧。

和以往一样，离美国海关还有半英里，汽车就排起了长队。

温哥华的居民热衷去美国购物，因为美国的东西又好又便宜。安泊刚到温哥华的时候，动不动就开车两小时去西雅图，后来对情况熟悉了，连西雅图都懒得去，只去边境上的一个小镇贝灵汉，出海关再开十几分钟就到了。

终于轮到了安泊，边检官例行公事地问："你们去哪儿？"

安泊不假思索地说："贝灵汉。"

边检官往车里看了一眼，神情一下严肃起来。Caravan 的后备厢是敞开式的，隔着玻璃，里面的四只大行李箱一览无余。

"去贝灵汉为什么要带这么多东西？"

安泊一愣："哦，对不起，我们去加利福尼亚。"

边检官的眼睛眯缝起来，好像猫闻到了鱼腥味。回答前后不一致，通常意味着可疑。那四只大箱子里到底是什么？必须开箱检查。他低下头，唰唰几笔，给安泊开好单子："请你把车停在前边，接受第二次检查。"

安泊知道自己说错了话，但对所谓"第二次检查"并不担心，她既不走私又不贩毒，他们查完了还得放她过去。只是今天等待的时间有些过长了。为什么呢？不就是四只箱子嘛。

终于，一个边检官神情严肃地走到安泊面前，手里拎着一个"安·泰勒"纸袋。纸袋里的若干层塑料袋已经被全部扒开，捂了十几个小时的内容物散发出呛鼻的酸臭味。

"我们在你的车里发现了水果，"他皱着眉头一本正经地说，"华盛顿州严禁任何外国水果的输入。"

"这，这，只是西瓜皮。"安泊开始结结巴巴地解释来龙去脉，但是边检官不容分说打断了她，简单明了地宣布："你不能进入美国。"

安泊沿着 99 号公路原路返回。公路两侧依然是如梦似幻的田园风光，Caravan 像一柄利剑，将梦境一分为二。

安泊这时才算完全清醒过来。一切都想起来了。

从车行接回了两个孩子之后，文德尔开着车，先把妮娃送回家。静站在门口，手里拎着那个"安•泰勒"纸袋。安泊打开车门，还没来得及下车，静就把那个纸袋塞在安泊的怀里，那表情就像王二小对鬼子说："谁要你的臭糖。"

安泊自然也没推让。她带着纸袋上了车，又让文德尔把爱莉丝和自己送回了车行。下车的时候，也许是急于跟文德尔分手，她竟然再次忘记取走那个纸袋。安泊在车行办完手续，把自己昨天卖掉的车又买了回来，然后她开车回家取行李。刚一进小区，就看见文德尔站在自己家门前，脚旁立着那个"安•泰勒"纸袋。

"你朋友给你的礼物。"文德尔说，表情有些不自然。也许是因为爱莉丝在场，他努力想表现出职业的样子："你落在我车上了。"

安泊伸手去接。她的手碰到了文德尔的手。文德尔像触电一样闪开了。他拎着纸袋径直走到车后，二话不说打开后备厢，将纸袋放了进去。为了防止它倒下，还特意将它推到了最里面。

"我帮你把行李装上车吧。"文德尔说，看也不看安泊。

安泊没有拒绝。两个人默默合作，把四个箱子陆续装进车里。那个"安•泰勒"纸袋就这样被挡在了最里面。

"再见！"安泊关上后备厢盖，手忙脚乱地坐进了车里。

如果自己能够再镇定一些就好了。出了小区正门，往右一拐就是那条九曲十八弯的小路，用不了半分钟，就上了阿尔伯塔路。阿尔伯塔路上有一所小学，小学正门入口一侧就有个半人高的垃圾箱。如果自己能够再从容不迫些就好了。

然后又告诉我毫无意义。

安泊稍一走神，车向一侧滑去。她猛醒过来，一边往相反方向打轮，一边轻踩刹车。

车停在最右侧的紧急停车带上。

"妈妈，对不起。"爱莉丝轻轻地说。整整一上午，这还是爱莉丝第一次说话。

"为什么？"

"我太想留在加拿大了。刚才过隧道的时候，我许了一个愿。"

想起来了，列治文和三角洲之间的隧道。从前她们经99号公路南下的时候，爱莉丝曾经跟安泊讲过：过隧道之前屏住气许个愿，坚持住，过完隧道再呼吸，你的愿望就能实现。

爱莉丝小的时候，那条隧道的长度对她的肺活量来说显然是太有挑战性了。

"傻孩子，"安泊苦笑了一下，"这跟你许的愿有什么关系？"

"当然有关系，"爱莉丝说，"我只是没想到这么快就能实现。"

安泊叹了口气，再次发动了汽车。现在她没有选择，必须得在加拿大再住上一阵了。

"啊，加拿大……"

隧道就在前面，原来她们已经离家这么近了。

Caravan开进隧道里，安泊全身的毛孔都像耳朵一样张开，仿佛这样就能在黑暗中捕捉到更多声音。

发表于《人民文学》2015年第3期

父亲的毒药

我这次去香港有个得体的理由：我申请担任香港某大学图书馆的研究助理，并且已经通过了初选。实际上，像这样的初级职位，校方通常只要求 skype 面试。

我轻描淡写地告诉英民我要去面试，隐瞒了自掏旅费的细节。如我所愿，英民当即高兴地表示：我们可以在香港见一面。

去年的温哥华电影节，我买了通票去看电影。某天下午，组委会急寻中文翻译，我便自告奋勇去滥竽充数了一把。那是一场加中电影界人士的座谈会。会后，中方一位级别很高的男士问我哪里能买感冒药。刚才的座谈中，他一直皱着眉头，看来是因为不舒服。我向他推荐了一种能治发烧、头痛、咳嗽、流鼻涕的万能药水，两百毫升瓶装，外形又方又扁酷似小二锅头。电影节最后一天，我一进电影院，就看见这位男士站在大厅里东张西望，手里捧着那个"小二"瓶子。我走上前去，问他出了什么事。他见到我，眼睛一亮，然后笑眯眯地说：这药很不错，喝了一小半病就好了，扔了又可惜。

散场后,英民让我带他去散步。

我们从温哥华最热闹的乔治亚街走进斯坦利公园,身后是连片的高楼大厦,右手边是一个个游艇码头,左手边是"迷失的泻湖"(Lost Lagoon)。我告诉他:这个因海潮起落而形成的咸水湖从前是没有名字的,现在的名字是一个叫葆琳·强森的女诗人起的。

就在这时,英民告诉我他五十岁,离婚七年。我像写对联似的回答:我四十三,一直单身。

黄昏已经到了最惨烈的时刻,宁静的星光开始在夜空上闪烁。我感觉到身边的英民宽容地笑了笑,仿佛我说了孩子气的话。

英民回到北京后给我发来电子邮件,说自己尽管知道送一瓶喝剩下的药给一位女士很不得体,但还是无法克制地要这样做。我说我把药放在冰箱里了,等你下次来温哥华时服用。保质期还有一年半。

他开始憧憬与加方的合作,但温哥华之行达成的几个意向,最终一个也没谈成。

我们从互通电邮发展成了视频聊天。有一次我感冒了,就从冰箱里把那瓶药水拿出来,当着英民的面喝下了十五毫升。

今年复活节前后,英民突然给我发了一个电子邮件,说他想跟我结婚。我对此并不感到意外。我们除了是在线下偶然认识的,其余的行为都像一对通过网络征婚的男女。但是我需要结婚吗?在这个年龄?再说,我们俩怎么结婚呢?英民才五十岁,距退休还远,他愿意来温哥华吗?我觉得这些问题应该谈清楚。可是,下一次视频通话的时候,不知出于什么心理,我小心翼翼地绕开了这个话题。

其实,从我们第一次视频聊天开始,我就已经在疯狂想象一个男人穿着睡衣在我家里走来走去的情景。去年的 Boxing Day①，我到加拿大老牌百货公司 The Bay 买了一件丝质男式睡衣。今年的复活节促销，我又买了一件牦牛绒男式睡衣。到了夏季的年中促销，我再次果断出手。如果真有一天我们能结婚的话，英民一年四季的睡衣就都有了。

出了香港海关，我一边东张西望地寻找机场快线，一边时不时地瞄一眼身后的行李箱。那件牦牛绒男式睡衣就躺在行李箱里。

我打开手机。第一条短信："欢迎您使用畅游香港流量套餐。"

第二条："临时出现状况，推迟到港，万分抱歉。"

我不敢相信似的盯着这行文字发了几秒钟呆，然后就把手机狠狠地关上了。

当我恨一个人的时候，我能做出的最极端的举动就是切断联系。

倒在饭店柔软舒适的床上，我立刻就进入了梦乡。我期待自己能一口气睡上十个小时，实际上却只睡了不到六个小时便醒了。我感觉自己非常疲惫，却又没有继续睡下去的力气。

我强撑着穿衣起床，走上街头。天还没亮，路边一家卖粥面的小店正在开门，门板已经卸下，店堂里灯火通明。我问："有东西吃吗？"一个正在搬桌椅的女人摇摇头，嘴里蹦出几个铿锵的音节。我只好继续往前走，直到看见一个门面窄窄的二十四小时麦当劳，楔子一样插在两幢写字楼中间。

吃饱了，有了力气，排除掉因低血糖导致的头晕，我才感觉到纯粹的头痛。原来就是感冒呀。我从寒冷的北方来到湿热的南方，再被酒店空调一吹，不感冒才怪呢。路过一家便利店，我推门而入，迅速在货架上找到了一种感冒药，也是能治发烧、头痛、咳

---

① 12 月 26 日，又名"节礼日"，传统上是老板给员工、雇主给仆人送礼物的日子，如今是商场大减价的日子。

嗽、流鼻涕的万能药，妙在是冲剂，分量轻，吃不完也可以带走，不用惦记着送人。

我回到酒店喝了药。半小时后，药力发作，全身紧绷不适的感觉渐渐消失，可以再睡上一觉了。

在沉入梦乡之前，我心中升起了一丝对英民似有若无的谅解。他没来，其实也挺好。我老了，连对身体不适的感觉都变得迟钝了。必须剥去表象，才能看清下面的真实。设想英民穿着睡衣坐在床上等我，我却说："噢，对不起，我得出去喝点粥。"喝完粥又说，"噢，对不起，我还得再吃点药。"吃完药又开始犯困，那该多么煞风景。

我不禁有些灰心。记得每次在电视上看到皮尔斯·摩根①问嘉宾："你曾经谈过多少次得体的恋爱？"我都会脸红心跳，但又不知道自己到底做了什么不得体的事。

现在终于明白了：在年老体衰的时候谈恋爱，大概就属于一种不得体吧？

可是话说回来，当身体里多余的力比多需要释放的时候，人其实更容易丑态百出。记得大学里的一个夏天，因为暗恋一个人，我非常希望自己能够憔悴不堪。某天深夜，我骑着自行车冲进了瓢泼大雨里。结果这场暗恋被弄得尽人皆知，我连一个喷嚏都没打出来，自行车倒是生锈了。

走廊里开始传来客人走动的声音。有人拿钥匙卡往我的门锁里插，被拒绝后发出自嘲的笑声。走廊尽头的电梯间，清脆的叮叮声响个不停。在这一切纷扰之下，我的倦意逆着时间而上，深沉舒缓地飞行着，带我回到久违了的平衡状态。说不清是哪一年，反正是

---

① CNN 主持人 Piers Morgan

一种非常微妙的势均力敌。这样也挺好，挺好……

突然，一个冷冰冰的声音在我脑海深处响起："你也并不显得年轻。"

好像有一条毒蛇预先埋伏在我的脑海里，趁我熟睡的时候发出咝的一声，然后蛇尾一甩，叭地给了我响亮的一击。我在刹那间感到天旋地转，从云端直线下坠，重新落回到饭店的床上。

那一年我二十多岁，在一家日本公司北京办事处工作。有一个日本人热烈追求我。我说不清为什么不喜欢他，但可以肯定不是因为年龄问题。那人不死心，走起了岳父路线。也不知他怎么做的工作，反正有一天，我爸突然对我说："我觉得他并不显老，再说，你也并不显得年轻。"

我不相信一个父亲能说这样的话。不符合弗洛伊德心理学啊。很快，我就搬出了父母家。那是 20 世纪 90 年代初期，家在北京还出去租房子住的人寥寥无几。

我情路坎坷，三十岁以前闹过很多绯闻，甚至丑闻，我把这笔账全都算在了父亲的头上。三十岁以后，我的感情世界一片空白，我把这笔账也算在了父亲头上。三十五岁那年，我来到了温哥华。搬到大洋另一边的好处之一，就是在心理上和父亲两清了。这就叫望洋兴叹吧，再怎么不如意，也赖不着父亲了。

我以为我早就把父亲的毒全都肃清了，想不到，这才刚到香港，离北京还有两千公里呢，父亲又开始逆袭。

"你也并不显得年轻。"难道说我这一生已经完了，再也摆脱不掉这件事的阴影了？

我全身发冷地蜷缩在被子下。不知过了多久，我伸出手去，从床头柜上抓起了手机。开机一看，英民已经给我留了十几条短信。

好吧，再给你个机会。

英民告诉我：他女儿被车撞了，右腿骨折。

"那你为什么昨天不肯告诉我呢？这是你女儿哎！难道我会不理解吗？"我使用了强烈谴责的语气，同时心中一块石头落了地。为了掩饰自己的小气，我开始无理取闹："莫非你跟你前妻旧情复燃了？"

其实我们俩以前从未谈过"前妻"的话题。

"绝对不可能。"他干脆地说。

"那，那你女儿现在情况怎么样了？"

"昨天晚上已经做了手术，现在情况稳定，应该没有生命危险了。要不，我现在就过去？坐飞机三个小时而已。"

我不假思索地脱口而出："还是我去北京吧。"

说完，我又有些后悔。

英民听起来则是又惊又喜："那太好了，北京欢迎你。"

我只好打电话订了三小时后的机票。

在香港机场过了安检之后，我硬着头皮给我父母打了个电话。我说我来香港开会，原订的日程要推迟，想抽空回北京住几天。

我并不喜欢住在我父母家，但如果我住酒店，英民邀请我去他家住怎么办？他不邀请我去他家住怎么办？我不想无事生非自寻烦恼。住在父母家，在外人看来是顺理成章的，英民不需要有任何反应。

电话是我父亲接的，一听是我，我母亲也立刻加入进来。我父母其实很清楚我对他们心存芥蒂，但我从不记得他们对此有过任何流露。眼下也是如此，我妈兴高采烈地问我晚饭想吃什么，就像我每天都要下班回家一样。我不得不承认：他们的情商比我高多了。

既然如此，为什么二十年前，我父亲不能含蓄一点呢？

我父母住在香山附近。我曾经听说过很多关于北京雾霾的可怕描述，不过今天看起来情况还好。远远望去，冬日的北京西山倒是颇有几分加拿大阿尔伯塔省的感觉。下了五环，沿着香山路往前走一段，路边有一个连排别墅小区，家家房前有个小院子，可以种些花花草草。如果忽略马路对面不远处的塔吊和正在建设中的楼房，这一带和北美小镇也没什么两样。

　　二十多年前，我家住在石景山一套两室一厅的老工房里。没有电梯的六层楼，楼道里的窗户常年没有玻璃。假如我爸当年的想象力能够抵达今天，他应该不会说出那么一番目光短浅的话来吧？

　　按下门铃，一阵惋惜涌上我的心头。

　　"给你熬了小米粥，趁热喝吧。"我妈还是那一套词，"前天买的小乳瓜，切开晾干，加了生抽老抽洋姜腌的，就粥喝最好了。"

　　"不用了。飞机上吃了饭，一点都不饿。"我轻车熟路地应酬着。

　　"那你先歇会儿，房间都给你收拾好了。你住三楼主卧。"

　　"为什么？"我问得很生硬。上一次我回家住的是二楼客房。

　　"你爸现在腿疼，上不了三楼。"我跟我妈寒暄的时候，我爸一直坐在沙发上看报纸，听到这里他冲我点了点头，对我妈的叙述表示认可。

　　我有些尴尬，为自己瞬间流露出的慌张。我并不像自己想象的那样希望他们有所改变。腿疼？我思忖着，感觉这信息里含有某种让人不安的东西。

　　晚饭时分，英民打电话给我，说自己休息了几个小时，现在感觉好多了。他打算迅速去医院看一眼，然后请我吃饭。

　　"我可以从医院出来再返回去接你；如果你不介意，我现在就过去接你，这样比较顺路。"

　　我脱口而出："我不介意，你来接我吧。"但是话一出口，我立刻又后悔了。

我想起年轻时那一次次短命的恋爱。每一段关系开始的时候，我总会表现得通情达理，不计较细节。但那仅仅是表现而已，我并不是天性里就喜欢克己让人。可惜，没有人能看透我的内心。只要我做出一个不利于自己的选择，对方就会进一步给出愈加不利于我的选项，而我又没有勇气破坏自己业已塑造出的宽容大度的形象。最终，总会有那么一天，我再也演不下去了。到了这一步，对方通常会感到深受伤害。他们其实也可以怜香惜玉，宽容公平，如果不是一直被我欺骗的话。

三十岁之后漫长的孤独岁月里，我经常告诫自己：如果再有机会恋爱，一定要从头开始斤斤计较。眼下，我磨磨蹭蹭地往门外走，无数次想通知英民：我反悔了，不要来接我了。

然后我又劝自己：他仅仅是不想堵车而已。北京的交通很糟糕，你也是听说过的。

另一个声音冒出来抗议："但这样一来，你就得和他一起去看他女儿。这算什么呢？"

一个建设性的声音也掺和进来："非得接来接去的吗？你也可以自己直接过去呀。"

伴随着激烈而混乱的思想斗争，我走到了小区门口。已经是晚上7点多了。远山早已被夜色吞噬，华灯初上的街市横在我的面前，向左右两侧无限地延伸。夜色让我想到了躺在行李箱里的睡衣，想到我对未来的憧憬：一个男人在我的卧室里走来走去。

我从来不曾与另一个人建立起亲密的关系，我总是在试探和角力阶段就宣告失败。很显然，这一次刚开头，我又错了。接下来，我要么及时纠错，要么一错到底。

一辆黑色的奔驰车停在我的面前。英民坐在车里向我招手。

我拉开车门，坐了进去。

英民朝我伸出手。他的手在空中晃了晃，似乎没拿定主意是要握我的手，还是拍我的肩，最终只好又落回到座位中间的扶手上。

"你好，"我说，"终于又见面了。"

沿着香山路走了一段，我们的车就上了五环。当年我离开北京的时候，北京无疑是落后的。如今十几年过去了，落后的面貌已不复存在，但我也很难用先进与否来评价它。对北京，我只有感受，那是一种坐过山车一般的感受，时而血压升高时而心脏失重。

一番情绪波动之后，我和英民的聊天又回到了熟悉的节奏，毕竟我们曾经通过视频聊过那么久。我们从旅途聊到时差，从时差聊到衰老的征兆。英民总结似的说："我现在倒时差越来越困难。我再也不敢去北美了，除非去了就不回来。"

我愣了一下，不知这该算哪一类的表白。情急之下，我想到了他女儿，于是问："你女儿怎么样了？"

"粉碎性骨折，"他叹了口气，"不过手术很成功，植入了一根钢管。她妈和她男朋友一直守在那儿。这几个小时都没来电话，应该一切正常。"

然后，他轻轻咳了一声，用抱歉的口吻说："自从离婚以来，蔚蓝的妈妈从没主动找过我。我已经六七年没见过蔚蓝了。这次我无论如何得表现一下。"

"我没怪你，"我立刻说，"我这不是来北京了吗？"

英民自己一个人去了病房，还让蔚蓝的男朋友秦松陪我到医院对面的咖啡厅坐一会儿。这个安排让我感到意外而贴心。

秦松长得挺帅气。除了讨好的神气有一点点过分，我对他总的印象还是很不错的。秦松告诉我：他和蔚蓝是在大学里认识的。他是系里的学生会主席，比蔚蓝高两个年级。

我问他蔚蓝的情况怎么样。

他回答说:"左大腿接了一根钢管,等骨头愈合以后还要再做一次手术把钢管取出来。对蔚蓝打击很大,腿上多了一条伤疤。"他轻轻笑着摇了摇头,仿佛对年轻姑娘的虚荣心不以为然。

我说:"陪了一天一夜,你一定很累吧?"

"这没什么,只是出点力而已。幸亏叶伯伯托关系找到了最好的主刀医生。"

我忽然想起英民说过:他自从离婚就再没见过蔚蓝,于是我问:"你认识英民多久了?"

他一下子挺直了后背,眼神中多了一份警觉:"昨天才第一次见。不过蔚蓝跟我聊过她家里的事。"

我点点头:"昨天出了事之后,一定是你通知的英民?"

他的戒备更深了,开始字斟句酌:"是的。我打的电话,阿姨做的决定。"

"多亏有你。"

"不能这么说,即使没有我,阿姨也会打这个电话的。毕竟这么大的事,阿姨一个人处理不了。"他顿了一下,"我想蔚蓝也能理解。"

"蔚蓝还没见过她爸爸?"

"现在应该见到了吧。"他情不自禁地向窗外看了一眼。我也随着他的视线,望向了灯火通明的住院大楼。那里的每一扇窗子都亮着灯,怒视着夜晚。

他欲言又止,似乎没有拿准应该对我开诚布公到哪个程度。

"其实英民很想为蔚蓝做些事,"我一本正经地说,"只是这么多年一直没找到机会。"

"所以呀,"他的表情放松下来,"这次的事故算是不幸中的万幸，打破了坚冰。"

英民很快就回来了。他向秦松简单交代了几句，然后不由分说拉着我就往外走。他的手紧紧地攥着我的胳膊，似乎一切尽在掌握之中，但不知为什么，我却觉得他的愤怒和焦躁到了几乎失控的程度。我推测他和蔚蓝的见面不是很愉快。

一路上，他要么说话前言不搭后语，要么突然提速然后突然刹车。直到我们终于找了个地方坐下来，他的脸色才开始缓和。点好了菜，他开了个玩笑，似乎在努力让自己活泼起来，却又一时摆脱不掉僵硬的表情。

我偏要哪壶不开提哪壶："你刚才说，你已经六七年都没见过你女儿了，这是为什么？"

他显得快快不乐，但还是解释说："起初，她妈妈想方设法不让我见她。等她上了大学，可以不受她妈妈控制了，我给她打电话，她又从来都是爱答不理。两年前，她大学毕业，想让我帮着找工作，偏偏我又开始闹离婚。七八年，说来很长，其实一晃也就过去了。"

"你到底是什么时候离婚的？"

他愣了一下，赶紧拿起手边的茶杯喝了一口，然后说："和蔚蓝妈妈离婚以后，我又结过一次婚。我正想找个机会告诉你呢。"

我很满意，一副大侦探波罗破了案的表情："你第一次离婚伤害蔚蓝了？"

"要说伤害，怎么可能一点没有？"英民辩解说，"不过，蔚蓝并不恨我，她自己说过：'其实，我知道是我爸不对，可是我并不恨他，他毕竟没把他的错误带到家里来。我妈虽然是受害者，可是她的歇斯底里更伤人。'"

"你相信这话？"

"为什么不信?她又不是当面跟我说的,我是通过第三方了解到的。"他狠狠地瞪了我一眼。

我不为之所动。他一手托腮,做出用力思考、回忆的样子。过了一会,他摇摇头说:"算了,不想了。"一瞬间流露出心力交瘁的表情。

我忽然觉得自己有些过分。我想安慰他,但又不知道该怎么说。我担心自己会说出不甚得体的话来。

英民把手伸了过来,抓住了我的手:"一会到我家去好吗?"

这就是我透过视频看过无数遍的卧室。

我闻到了自己身上的香味。记不住从什么时候起,我开始喜欢上了浴液、乳膏这类东西。每次坐飞机,箱子再小也得托运,因为那些瓶瓶罐罐过不了安检。那些东西在涂抹的时候香气扑鼻,但是过上一两个小时,我也就对它们习焉不察了。眼下,当两具身体交缠在一起的时候,被体温加热的香料开始汽化,袅袅婷婷地钻进我的鼻孔,提醒我独自一人度过的漫长时光。

我觉得该说点什么。

我说:"你别难过。总有一天,蔚蓝会知道你也很不容易。"

"我们再生一个孩子吧。"他突然更紧地抱住了我。

我一愣,没有来得及说不。

第二天中午我回到家里,发现家里只有我爸一个人。我爸说我妈去医院了,没什么大事,就是有点高血压,需要定期去复查。

说话间,他从沙发上站了起来,要去给我热饭。我急忙表示不饿,但他已经进了厨房。他把两只碗从冰箱里拿出来,放进蒸锅里,一边拧天然气灶的开关一边说:"你妈走前都安排好了,我加热一下就行。本来我应该陪她一起去的,但她不知道你什么时候回来,不让我去。"

透过玻璃锅盖，我一眼就看见碗上还盖着保鲜膜。我说："你怎么连保鲜膜一起蒸啊？保鲜膜加热是有毒的。"我爸一愣，然后手忙脚乱地关火、掀锅盖，往外端碗。可能因为碗比较烫，他手一抖，碗掉在台面上，陀螺似的打了几个旋，差点掉在地上。

他的慌张让我感到内疚。我其实并不在意吃点有毒的东西，我仅仅是想表现自己对家务的谙熟。以往总是我妈数落我做得不对。

我赶紧把话题岔开，装疯卖傻地讲了几件自己的糗事，但还是没能哄得了我爸。他沉默地回到客厅，抓起报纸。

我一心盼着我妈快点回来。

自我有记忆以来，我爸和我妈从来都是成对出现的。今天我突然意识到：他们总会有一个先走。如果将来只剩下我爸，我该怎么办呢？

当年他们身体强壮，我负气出走，这其实是在惩罚自己，至多也就是双输。等到他们年老体衰的时候，我如果再不回家，那可就是不孝了。

可是，我心里的疙瘩是真实存在的，一直都没解开。我爸还欠我一个道歉。他得承认看错了我。"我错了，你有能力过自己想要的生活。"我必须在他彻底衰弱下去之前听到这句话，哪怕他再加上一句："甭管是什么样的生活。"

饭已经热好了，我妈还没回来。

和我爸一起吃完饭，我独自去药店买了"毓停"。那上面的副作用说明读得我心惊肉跳。

回到家，吃完药，我躺在床上。时差还没有倒过来，大脑很不给力。蒙眬中，我眼前闪现出一幕颇为戏剧性的场景。黄昏，我站在一个无名的山崖上，头顶上是三百六十度的开阔视野，天空的颜色从西到东由深红渐变至墨黑。山崖下有一个小镇，靠近公路的地方有一排长方形的建筑。我正在琢磨那是不是我父母所住的小区，建筑前面的霓虹灯招牌突然亮了起来，最下面是一行红色字母"VACANCY"（有空房）。

我一下子清醒过来，想起那一年，我独自开车从温哥华去班芙，傍晚迷了路。

英民的话又响在我耳边："七八年说来很长，一晃，也就过去了。"

我一动不动地躺着，等待着各种副作用的袭击。

发表于《财新周刊》2014年第2期

《小说选刊》2014年第5期转载

G 点

十五岁的霍莉昂首阔步走进首都机场 T3 航站楼，身后紧跟着妈妈艾维。

前面就是出入境检查了，霍莉停下脚步，淡淡地对艾维说："你回去吧。"

艾维再次把霍莉上上下下打量了一遍，能看的地方都看到了，没有挑出任何不妥，只好心有不甘地问："护照在不在？"

"在，放心吧。"霍莉答应得挺痛快，但是不行动。

"拿出来，让我看看。"

霍莉不情愿地把双肩背包顺到前面，从里面摸出了一本绿皮的加拿大护照。

艾维停顿了一下，但终于还是没能忍住画蛇添足："千万别把护照弄丢了。"

霍莉翻了个白眼："我去要个儿童护照夹，把它吊在脖子上。OK？"

尽管遭到揶揄，艾维的心却柔软起来，眼前不禁出现了七年前的霍莉。那一年,艾维独自一人在加拿大读书,八岁的霍莉只身从北京去温哥华找妈妈。空姐在登机之前发给霍莉一个塑料夹子,让她把电子机票、护照(那时还是红皮的中国护照)和温哥华联系方式装在里面。霍莉就像包裹,儿童护照夹就像运单。

当年樱桃小丸子似的霍莉,脖子上挂着运单,小手紧紧拉着空姐的手,一脸惊恐、茫然地向艾维走来。艾维想到这一幕,先是扑哧一声笑了,随后不知怎么地,两行眼泪唰地涌了出来。

"嗨,妈妈!"十五岁的霍莉绷起了脸,眼神里有压抑不住的尴尬和愠怒。

艾维想把眼睛擦干,可是今天特别不争气,没完没了的泪水,擦完了还有。她只好一手捂住脸,另一只手朝霍莉摆了摆,用颤抖的鼻音说了一句:"保重。"然后一转身,钻进了送别的人群里。

"妈妈……"霍莉在她身后喊了一声,似乎有点不知所措。她还没有习惯妈妈的决绝。

艾维没有回头。潮水般涌来的人群在她两边分开,又在她背后合拢。

我这是高兴啊,艾维边走边擦眼睛。你以为我舍不得你吗?我巴不得能早点脱手呢!我这是喜极而泣。

过往抚养霍莉的种种艰难,一时都涌上了艾维的心头。

霍莉是个非常聪明但也特别缠人的孩子。一切问题似乎都起源于她非同一般的语言才能。

记得霍莉一岁三个月左右,曾经提着自己的识字卡盒子走到门口,站住,回头,对艾维和保姆说:"上班去了,回家吃饭。"那神态像极了她爸爸。

保姆问:"您今天想吃什么呢?"

"一百八十毫升奶,再加点米粉。"

保姆乐得前仰后合，差点儿从沙发上掉下来。艾维则忙不迭地找出成长日记，把这段话写进去。

发现自己能调动别人的情绪，霍莉就像个脱口秀明星一样，走到哪儿秀到哪儿，引发了爷爷奶奶、姥爷姥姥、舅舅舅妈，甚至保姆老乡的热烈追捧。霍莉的良好感觉终结于幼儿园。一个班有二十多个学生需要老师关注呢。再说，什么样的孩子老师没见过？

在外面受到冷落，霍莉便在家里要求加倍的补偿。艾维原本计划等霍莉上了幼儿园自己就恢复工作，结果却发现：光是陪放学后的霍莉聊天，也能把自己搞得筋疲力尽。更何况周六和周日还得全天候陪聊呢。

艾维只好将自己的工作计划往后推。她倒也并不介意当全职妈妈。丈夫很能挣钱，经济上无须她操心。但丈夫不承认陪霍莉聊天也消耗体力，这让艾维很不平衡。

"家里不是有洗衣机吗？"他会这样说。丈夫小时候很顽皮，衣服一天到晚都是脏的，经常会被妈妈骂，他因此形成了一个观念：洗衣服是女性最繁重的劳动。在20世纪60年代，这倒也是实情。有了霍莉后，丈夫给家里换了好几次洗衣机，一次比一次先进。

霍莉八岁那年，艾维独自一人去了加拿大。"现在霍莉自己都会操作洗衣机了，"艾维对丈夫说，"你照顾她没问题吧？"丈夫当即豪爽地表态："你放心走吧。"结果，不出三个月，丈夫就给霍莉买了张机票，把她空运到温哥华去了。

艾维想：这下你该承认照顾霍莉不是那么轻松的事了吧？但她想错了。丈夫换了一套逻辑。他会在艾维抱怨的时候突然明知故问："哎，居里夫人有几个孩子来着？"

他从此热衷于赞美事业家庭双丰收的女强人。你别说，这种人还真不少，从居里夫人到杨澜到小区物业管绿化的郑大姐。意识到这些人的存在，让艾维沮丧、抓狂，让她和丈夫之间的隔阂更深，但就是一点也不能让她对霍莉更有耐心。

霍莉在温哥华的第一年，是艾维感觉最黑暗的一年。那时霍莉基本不会说英语。对一个靠语言表达来获取存在感的孩子来说，上学简直是生不如死。她只能把全部能量带回家里释放。加拿大的假期还特别多，长长的暑假，名目繁多的节日，基本上每月一次的Pro D（教师职业发展日），等等。

有一次，艾维赶写一篇作业，连续二十四小时没睡觉。作业交上去以后，极度兴奋加上极度疲惫，以至于她脑子里始终有一个声音在嗡嗡地响。偏偏这时该接霍莉了。霍莉一见到艾维，立刻注意到了她的梦游状态。她决定动用技术手段把妈妈拉回到自己身边。她的技术手段就是语言轰炸。这手段在过去屡屡奏效，妈妈总是能从神情恍惚立刻演变成烦躁不安或是暴跳如雷。

但是这一次，艾维觉得自己要被霍莉的语言洪流淹没了。垂死挣扎之际，她脑海里出现了一幅画面：自己把霍莉带到一个长途汽车站，把她扔在那儿，然后独自走开。

当然，她会给霍莉留点吃的，也许是一盒巧克力。

霍莉坐在长凳上，一扭头，对着随便一个坐在她旁边的人说："生活就像一盒巧克力，你永远不知道下一颗的滋味会是什么。"霍莉说的是英语。

霍莉会说英语了？

艾维一个激灵从幻想世界中摔了下来。她带着内疚和后怕，低头注视着仍在滔滔不绝说着中文的霍莉。

霍莉也突然住了嘴，她抬头望了一眼艾维，莫名其妙地感到一阵寒意。

那是艾维感觉最黑暗的一段时间。在暗无天日的日子里，作为过来人的女友曾经指给她一条光明大道,这条道路的名字就叫作"时间"。

"总有一天,你会舍不得孩子离开你的。"女友安慰说。

艾维斩钉截铁地回答:"绝不可能。"

然而,一切皆有可能。

霍莉的语言其实一直都很有趣,只不过年纪小的时候,重复的频率太高,老听也就烦了。随着年龄增长,霍莉重复自己的次数越来越少,内容更新的频率越来越快。最近一两年,霍莉偶尔会说出一些让艾维心里一亮的话,让艾维在瞬间产生记录的冲动,仿佛又回到了霍莉一岁三个月的时候。

也许不是艾维变了,而是霍莉变了?

是的,霍莉变了。一年前,霍莉十四岁,居然有老师夸奖她了。

霍莉八岁去加拿大,十一岁跟着艾维回中国。无论在哪种文化里,她都曾经徘徊在问题儿童的边缘。在加拿大的时候,霍莉的表现经常会被认为是新移民学生不适应加拿大文化;回到中国,她又会被认为是受了西方文化自由散漫的影响。只有艾维知道:霍莉的根本问题,就是不择手段吸引关注。证据就是:她有相当的自控能力,一旦被郑重其事地当作问题儿童来对待了,她就会往回收敛一些。

直到一年前,霍莉十四岁的时候,艾维才第一次从老师那里听到衷心的夸奖。

那是在九年级的家长会上。从威斯康星来的英文老师斯科特夫人把霍莉的作文大大夸奖了一番。艾维起初是吃惊,然后是欣慰,接下来,毫无预警地,两行眼泪从艾维眼里流了出来。

"嗨,妈妈!"记得霍莉当时双眼圆睁,也是一副又羞又恼的表情。国际学校的家长会是允许学生在场的。当着同学的面,霍莉总是要摆出一副酷酷的架势,没想到妈妈这么丢脸。

那还不能算作喜极而泣。艾维记得很清楚,那是辛酸的眼泪。你长大了,艾维想,从喋喋不休地说话到坐下来踏踏实实地写作。写作是向更广大的更抽象的听众说话。你总算不用缠着我一个人了。你的能量总算是进入正轨了。

这一天实在是来之不易啊!记得她们刚回到中国的时候,霍莉表现得十分抗拒。她把自己锁在房间里,拒绝去学校上学。艾维急了,抄起一张凳子就砸门,把门砸开了一个大洞。

刚到加拿大的时候,霍莉一句英文都不会;在加拿大待了三年,中文又退步到学前班水平。

本来艾维想给霍莉找个升学率高的公立学校,最后不得不妥协,送她进了国际学校。

国际学校鱼龙混杂。老师确实是用全英文授课,但并非所有的学生都能跟得上进度。在那篇被斯科特夫人夸奖的自传中,霍莉写道:"第一次期末英语考试,我成为全班最受爱戴的人,通过巧妙地喊出多重选择题的答案,我至少帮助六个同学避免了补考的命运。当然,我也给自己赢得了两周的留校考察和社区服务。不过,我始终认为这是一份有价值的经验。"

语言里有霍莉一贯的不羁和自嘲,但艾维能听出:她在发出与世界和解的信号。

变化一定发生在这个阶段:十一岁到十五岁之间。但是,哪个学期?哪个月?能再具体一点吗?

如果用钟形曲线来描述霍莉的变化,那么这曲线的最高点对应于横轴上的哪一点呢?

霍莉在学校里有了一个朋友——丽莎。霍莉有朋友了!记得刚上幼儿园的时候,小朋友们都不理霍莉,这曾经让她十分苦恼。艾维观察了一阵，发现原因很简单：霍莉说的那些话，小朋友们都没法应对，于是就只能瞪她一眼，然后默默走开。

丽莎的父母是一家跨国公司的雇员。他们在中国的任期将满，一年后将搬回西雅图。霍莉向艾维提出：她想去西雅图上寄宿学校。

"你还太小，一个人离家不行。"艾维说。

"寄宿学校和家一样，"霍莉解释，"什么都有。"

"我指的不是硬件。举例来说吧，长周末你怎么办？在美国有家的同学都回家了，你自己一个人住在宿舍里，感觉能好吗？"

长周末！当年在加拿大，艾维最怕的就是长周末。很明显，那时候的艾维还在曲线的左半段。"圣诞新年怎么办？春假怎么办？两三个星期的假，说长又不长，说短又不短，美国同学都回家了，宿舍里冷冷清清，你自己肯定会觉得孤独啊！"不知不觉间，艾维已经落到曲线的右半边了。

"丽莎会请我去她家。"

"十四岁女孩子的友谊哪能靠得住啊，还不是说变卦就变卦。"

"再交几个新朋友呗，放心吧，我能随机应变。"霍莉眨眨眼，耸耸肩，自信爆表。再不是以前那个为陌生环境而焦虑的小女孩了。

时间在有一搭没一搭的争论中度过，艾维并不认为霍莉能够考得上。如果自己不催促，这孩子曾经独立完成过哪件事？但是太阳从西边出来了，霍莉考上了。艾维傻了，只好一咬牙："好吧，我带你回温哥华上公立学校。长周末咱们开车去西雅图看丽莎。"

"别，别，"霍莉显出惊慌的神色，"你还是留在北京，跟我爸爸在一起吧。你不就是为了这个才回北京的吗？"

她现在反过来劝我不要纠缠她了。艾维愤愤不平地想。总有一天，她会把我扔在长途汽车站上，再塞给我一盒巧克力。到那时，我会用哪种语言说："生活就像一盒巧克力，你永远不知道下一颗的滋味是什么。"

一条钟形曲线在艾维心中若隐若现,忽高忽矮,忽宽忽窄,顶部的位置飘忽不定。

这转变到底发生在哪时哪刻呢?

艾维突然明白了一件事:当初在家长会上,自己忽然泪如雨下,不是为了霍莉的作文受到表扬,而是为了斯科特夫人的另一句话。

斯科特夫人说:"我喜欢霍莉,因为她有一颗 big heart。"那时艾维就已经直觉到了这个词很不妥,只是没有深想到底错在哪里。现在她完全明白了:她已经失去霍莉了。

Big heart。在无数次被父母拒绝之后,霍莉开始把父母当作障碍来攀爬,直至登临高点,让视线抵达更远的地方。这个家已经装不下她了,她开始跟世界直接对话了。

只是,这一切究竟发生在什么时候呢?

一定存在那么一个点:G 点。

艾维脸红了。怎么会想到 G 点这个词?她在慌乱中反而站定了脚步。好好想想,自己到底要干什么?哦,对了,要去 T2 接阿丹。怪不得呢。

阿丹是艾维的邻居,两个星期前去了韩国。昨天阿丹在微信群里问:明天有人能顺便到机场接我一下吗?艾维一算,自己送走霍莉,再等一个来小时,正好可以接阿丹,于是就主动应承下来。

阿丹去韩国做整形手术。不是整脸上,而是整私处。

艾维在这个别墅区里住了十多年,但一直很少跟邻居们来往。家里的事情都还顾不过来呢,哪里还有社交的需求?一年前,开发商悄悄把别墅区里的农场平了,打算在上面盖小产权房卖给自己的员工。一夜之间,业主们建起了微信群,艾维也就自然地被拉了进去。

刚入群的时候,艾维着实兴奋了几天。她仿佛一直走在隧道里,突然钻出来一看,竟然穿越回了热血沸腾的大学时代。世界呀,时间呀,原来你们一直都在那儿等着我呢!艾维把手机提醒声都设置成了玻璃摔碎的声音。每一条微信的到来,都像有人在八十年代的宿舍窗外摔碎了一只上个世纪的啤酒瓶。

就缺一个振臂一呼的人。微信群里整天吵吵嚷嚷,你恭维我一下,我挑逗你一下,但最终也没一个人站出来。艾维这才知道,这么多年了,这个小区竟然连个业委会都没建立起来。微信群的主要作用就是传看工地现场的照片。砖都已经运进来了!墙都已经砌好了!唉,还有什么可说的,都已经封顶了!

但维权行动并非一点收获都没有,开发商最终还是做了让步,从网球馆、高尔夫练习场拿出了一些免费时间赠送给业主。当然也有谣言说:一些反对得最激烈的业主自己也悄悄购买了小产权房。

男人们从微信群里全身而退,女人们自嘲地把群名称改成"绝望主妇"。

总有人转发心灵鸡汤、养生常识。艾维按捺不住好奇,时常在自己身上试一把。今天搓二十分钟足三里,明天揉二十分钟涌泉穴,后天……到时候肯定有新花样,等着瞧吧。

终于有一天来了原创内容:G 点。

有人比较含蓄,说 G Spot。

有人格调更高,说 Gräfenberg Spot。艾维盯着那人的头像,依稀想起来:这女人她见过,法兰克福大学的博士呢。瞧人家,学历比自己还高,这不也过得挺心安理得吗?

至于 G 点,艾维倒并不怎么感冒。按照维基百科的说法,G 点到底有没有,学术上根本没有定论。这东西又不像肿瘤,能用放射性手段探知确切的位置和大小。

但阿丹就比较心急，凡是她没有的，她必须立刻拿到手。打听到韩国有G点增强术，阿丹便忙不迭地飞过去了。

艾维觉得阿丹就是个笑话，但这并不妨碍艾维去接她一趟。当然，艾维也有点害怕回家。

曾几何时，"空巢"一词听来多么美好。家里空空荡荡，自己了无牵挂，一直以来那个泄了气的皮球似的自我，正好可以打足气，充盈起来。家里有的是空间。

艾维曾经预演过一次空巢。今年寒假前夕，艾维四处给同学、熟人打电话，告诉人家孩子要出国了，自己想找份工作。终于，临近春节的时候，有个做私企的同学说手里有个活儿，工期紧报酬少，年根底下一时找不到人。艾维二话不说就接了下来。那时学校已经放寒假了，艾维火速给霍莉找了一个冬令营，付出去的学费比即将到手的报酬还要高。丈夫也比以前通情达理了，他开车送霍莉去了北郊的滑雪场，然后自己直接回了婆婆家。

终于把他们俩打发走了，艾维的心开始怦怦直跳，是骡子是马现在可以拉出来遛遛了。

但是艾维必须先休息一天，因为给霍莉买装备、整行李、填报名表、转账交费，都是很费神花工夫的。白天休息得过于充分，艾维晚上开始失眠，导致第二天头昏脑涨，精力不济。空耗了一天，晚上终于筋疲力尽，睡了个好觉。第三天早晨，艾维总算调整好了状态，可以工作了。

她踌躇满志取出从国外带回来的新软件，开始往自己的苹果电脑上安装。这是正版软件，安装好后必须注册。注册之后弹出一个窗口问是否更新，艾维当然点"是"。毕竟三年过去了，一定有不少更新。没想到这个"是"字引来了一串连锁更新需求。就好比女人买了一件新衣服,结果发现没有能搭配的裤子,买了新裤子还得买双新靴子。艾维花了大半天时间把电脑"内装修"了一遍,其间还给软件生产商的技术中心打了两个越洋电话。那号码明明在美国,但接电话的技术员却说着一口浓得化不开的印度英语。

今天就算热身吧。艾维安慰自己。

第四天,真正的工作开始了。艾维脑子里灵感迭出,焰火一样向各个方向炸开。虽然一时决定不下到底跟随哪个灵感,但感觉毕竟还是很丰富、很美好的。

第五天下午,霍莉打来电话:"冬令营已经结束了,晚上就可以回家了。"

"不是说好了明天早上接你吗?"

"老师说今天晚上就能走了,已经有人开始走了。"

丈夫有事,不能去接。艾维也不想去。她还指望着今天晚上突击工作呢。事实上,今天晚上是她最后的、唯一的指望。艾维狠狠心,告诉霍莉:"还是等你爸爸明天去接你吧。"

放下电话,艾维急忙从自己的无数灵感中随便挑了一个,然后硬着头皮做了下去。她越往下做,越是能清楚地意识到这个构思很平庸,没有出彩的可能,但是交活儿时间摆在那儿,容不得她推倒重来。她只能往前走,越走情绪越低落。

天亮了,艾维的工作将近尾声,她的情绪也跌到了谷底。望着院子里正在一点一点地显出轮廓的葡萄架,艾维的眼里涌出了泪水。她觉得自己对不起丈夫,对不起孩子。她草草收尾,把工作成果发给同学,然后一头倒在床上睡了过去。不知过了多久,门厅里响起了说话声,随后霍莉咚咚咚的脚步声响在楼梯上,然后是丈夫小心翼翼地叩门。烦死了!突然间,艾维觉得他们全都对不起她。

对她的工作,她的同学给予了高度的评价,但她此后再也没接到过新的订单。

那毕竟只是一个试验,不算数的。艾维现在才是名副其实的"空巢"呢。在她的心里,一大片土地空了出来,想种什么就种什么。再没有谁可以妨碍她耕耘、收获了。

可是,种什么呢?

艾维想起斯科特夫人对霍莉的评价:她有一颗 big heart。

也许,我和霍莉完全不同,我其实根本没有一颗 big heart。从来没有。从前的一切统统都是错觉。我其实,和阿丹她们,没什么两样。

艾维抬起头,在电子屏幕上搜索。霍莉的航班还有一个小时才登机呢。她想起霍莉大大咧咧的样子,心里不禁一疼:孩子,可一定要看好护照啊!

刚才办登机手续的时候,艾维打听到这趟航班上还有空座。此时她下意识地在自己的手包里摸了一下。自己的护照妥妥地待在夹层里。拿着加拿大护照不需要签证就可以去美国。我要不要……

"嗨,妈妈!"她想象着自己突然出现在登机口的时候,霍莉脸上又羞又怒的表情。

阿丹看起来神采奕奕。艾维尽力克制着,不对她的韩国之行加以评价。

这里面也牵涉到一个教训。曾经有一次,艾维的同学来家里做客,那个女生不吃鱼(也许是羊肉?)等朋友走了,丈夫背后议论人家说:"越是小门小户出来的女孩子越是这不吃那不吃。"艾维起初觉得这是以偏概全,后来见的人多了,发现丈夫说得有道理。

艾维现在对丈夫的言行也不像以前那么处处批判了。

什么都吃,对什么都没有特别的偏好,这是艾维追求的大家风范。对 G 点也应秉持这种态度。你热烈谈论,我笑而不语。

"也不知手术效果怎么样?"阿丹自问自答,"等老公回来才能试验。我老公去内蒙古了,把司机也带走了,所以我才在群里找人接我。"

"噢,是吗?"艾维不置可否,从容地发动了汽车。

"哎,你女儿真走了?"阿丹问。

"是啊。"

"那你也可以去做个手术啊。"阿丹说。

"这和我女儿走了有什么关系?"艾维突然有些气急败坏。

"好几个人都想去呢,"阿丹没注意到艾维的情绪,只是一味地热心,"我可以帮你们谈个团购价。"

"我不稀罕!"艾维厉声说。她终于把自己的蔑视表达出来了。你们把G点说得再天花乱坠,也不能让我羡慕。我就是这么一个人,不虚荣,不奢望,不攀比。

人与人之间的差距呀,真是比人与猴子之间的差距还大。

能让我感到失落的,是明明曾经经历过但却没能捕捉到的东西,是硬生生从时光里流逝掉一去不复返的东西。比如那个钟形曲线的顶点。

一定有一个点,自己和霍莉达到了平衡。一定有一个点。

可是它发生在何时何地呢?

要是能再生一个孩子就好了。这一次,我一定会调动自己的全部感官,每分每秒都不走神,直到那个点出现,然后便将它一手按住,再不放松。那满满的,源源不断的幸福。

"我想再生一个孩子。"艾维突然宣布,声音里带着不易觉察的颤抖。

"什么?"阿丹睁大了眼睛,"你还没受够?"大家都知道艾维对孩子有点不耐烦,一心盼着孩子早点远走高飞。

"再生一个。"艾维肯定地点点头,"还来得及。"

阿丹茫然地望着艾维,过了半晌才恢复正常。"哦,好啊。"她客气地点头、微笑、赞同,就像刚才艾维听她吹嘘 G 点增强术一样。

一架飞机从她们头顶上飞过,尖啸着,轰鸣着,一瞬间淹没了两人的谈话。

艾维心里一紧,尽管明知道那不可能是霍莉乘坐的航班。

飞机很快就消失在无垠的天空。总会有一架飞机带着霍莉走远。

沿着时间轴,艾维的心飞快地向前冲去。明年暑假,不,今年圣诞假期,自己就可以挺着大肚子去机场接霍莉了。

"嗨,妈妈!"艾维仿佛听到天空中隐隐传来一声喊。她一个激灵,然后身体挺直、脖子僵硬地朝着前方,似乎这样就能避开霍莉那无处不在的又羞又怒的眼神。

发表于《财新周刊》2014 年第 14 期

后记

写作的"第二十二条军规"

王 芫

我第一篇小说发表于1990年的《萌芽》,并且于第二年获得了"萌芽文学奖"。从那时到2000年的十年间,我不过才写了若干中短篇,就在2000年成为北京作协的签约作家。现在回想起来,这实在是太顺利了,但是我当时却不懂得珍惜。

这些年来,我跟文学的关系一直是捉摸不定,若即若离的。四十岁以前,文学一直宠爱我。和许多女文青一样,当初走上文学的道路,完全是偶然的和不自觉的。也许仅仅是因为某年某月的某一篇作文受到了表扬,于是就播下了信心的种子。顺利的道路会使人产生路径依赖。那时的我,完全不理解文学是什么,对自己的创作也没有规划,写作处于即兴状态。写完了,也就抛在脑后了。至于下一部作品在哪里,自己则一点线索也没有,基本上是靠天吃饭。

2005年以前,我的写作内容基本上是围绕着20世纪90年代中国新兴的白领阶层。这类题材在当时算是有些新鲜感,但我终于还是因为缺乏代表作,而迅速被读者遗忘。写作是既需要经验又需要技巧的。诡异之处就是:这两者常常不可兼得。一个作家刚刚写作的时候,往往技巧相对稚嫩,但经验非常鲜活;等到经过读书、思考、磨炼之后,技巧有所长进,这时却又离当初激动自己的经验有了距离。只有极少数得天独厚的人,才能一出手就兼备经验的生猛与技巧的圆熟,而代表作就是这样产生的。假如当年我就能有这样的意识,就会更加爱护自己的经验,等到技巧成熟之后再发表作品。

2006年底,我以"自雇作家"的身份移民到加拿大。在温哥华落地之后,忙完了安家所必须做的那些事,我便习惯性地打开了计算机。在我看来,作家无非就需要"一间自己的房子",至于这房子的经纬度是多少,其实并不重要。

然而,半年过去了,我的写作毫无进展。计算机文件夹里不过是徒增了几十个开头而已。如今回首往事,我才意识到:移民绝不仅仅等于搬家。既然已经做出了漂洋过海的选择,就应该首先梳理自己的心路历程。如果忽略了这一环节,每天只是坐在"自己的房子"里,时间一长,人就会意识不到自己在现实世界的坐标,当然也更无从在文学的天地里行走。

但是,要梳理自己的心路历程,谈何容易。尽管我已经做出了移民的选择,但我对自己为什么移民,以及移民生活对我的意义,仍然是懵懵懂懂。

2007年夏天,我在一家中文报纸找到了一份工作。工作将我带出了自我的封闭世界,使我和社会有了真实的接触。2009年我进入温哥华电影学院(Vancouver Film School)学习编剧。这段经历提升了我的英语水平和写作技巧,也给了我更加开放的艺术观念。与此同时,在加拿大生活得久了,社会生活的方方面面,都不免会从门缝内渗透进来,想躲也躲不开。于是,2010年从电影学院毕业之后,我感觉自己已经有了相当丰厚的生活储备,可以动手写作以移民生活为主题的作品了。

然而，按部就班地工作了一年多，我还是没有生产出任何能让自己满意的作品。

2012年，因为家庭的原因，我又带着两个孩子回到中国。和当初移民一样，经历了一段时间不短的安家过程，我又习惯性地打开计算机。在浏览从前写下的只言片语时，我忽然感到有一双沉睡许久的眼睛睁开了。在新视角的观照下，过去的经验变得清晰起来。

作家格非曾在二十三届香港书展上讲过一个故事：他小的时候，村里有一个种菜的老人，时不时会跑过来跟他讲一番莫名其妙的话。他以为老人是个疯子，有时就会刻意避开他。等他读了大学，从上海回家，发现这个老人还活着。两人在路上相遇的时候，老人照例又跟他讲了一番话。这次他听懂了，原来老人讲的是英文。这个讲座的题目叫作《什么是文学的经验》。格非用这个事例来说明：经验的意义，只有在与他者相遇时，才能得以彰显。

在北京—温哥华—北京之后，我终于可以把计算机里的断章残片整合起来了。我的以移民生活为背景的第一个短篇《路线图》发表在《当代》2013年第二期。

《路线图》的发表给了我信心，我构思了一个短篇故事集，集子里的每篇小说都以温哥华的移民生活为背景，故事和人物之间存在交叉。我在微博上迫不及待地宣布："我要写一系列关于移民生活的作品。"但我万万没想到，这个系列的第二篇《啊，加拿大》要到两年之后才完成，以至有网友到微博上来问我："您的系列在哪里呢？"我竟无言以对。

2014年，我和译林出版社签约，翻译加拿大小说家爱丽丝·门罗的作品集《岩石堡风景》。这项工作我断断续续做了一年多。我对门罗的作品一向喜欢，但只有在经过逐字逐句的细读之后，我才在她的经验与我的经验之间架起了桥梁。

《岩石堡风景》里的同题小说,描写的是爱丽丝·莱德劳(门罗是爱丽丝·莱德劳第一任丈夫的姓)的曾曾曾祖父詹姆斯·莱德劳从苏格兰移民到加拿大的过程。

詹姆斯·莱德劳是个农民,生长在一个被《1799苏格兰统计报告》称为"穷乡僻壤"的地方——埃特里克山谷。但詹姆斯·莱德劳又是一个有梦想的人,绝不肯安安静静过一生。"我们生活在一个糟糕的地方,"他经常对孩子们说,"……路况那么差,一匹马一个小时最多跑四英里;人们用铁铲,用旧式的苏格兰犁来耕地,而在别的地方,五十年前就有更好用的犁……"让詹姆斯津津乐道的"别的地方"就是美国。"在美国,现代发明给人类带来了福音,世界一天比一天更美好,决不会停下前进的脚步……那里是一片乐土,每个人都拥有自己的地产,连乞丐都坐着马车四处乞讨。"

怀着对美国的一腔热情,詹姆斯·莱德劳用了几乎一生的时间筹措路费,并终于在六十岁的时候带着两个儿子、一个女儿、一个儿媳、一个孙子,还有儿媳妇肚子里即将临盆的孙女一起登上开往"美国"(实际上是开往加拿大)的轮船。让老詹姆斯万万没想到的,他刚一上船就看到了皮肤黑黑的高原人。启程之前,老詹姆斯分明以为自己"对船上的一切都了如指掌:吃得怎么样?住得怎么样?你能在船上遇见什么人?当然全都是苏格兰人,全都是体面人。绝没有高原人,没有爱尔兰人。"当老詹姆斯发现自己竟然不得不和高原人一同前往美国的时候,他发出了痛心疾首的悲号:"一群可恶的人,一群可恶的人。噢,我们竟然离开了故土!"

爱丽丝·门罗的这段描述引起了我的共鸣,让我不由得想到自己第一次去温哥华中国领事馆申请签证的情境。那是我第一次拿着加拿大护照去申请中国签证。坐在等候大厅里的,有很多像我这样入了加籍的"假洋鬼子"。我悄悄打量着我的"同胞"们。我第一次意识到：同为"中国血统"，我们互相之间竟然能在外貌、穿着、口音等方面有这样大的差异。从小到大，凡是我能近距离观察到的"中国人"都是跟我有某些相似背景的人：我的亲戚、邻居、同学、同事、孩子的同学的家长……一言以蔽之，都是来自同一个"社群"的人。只有到了加拿大，坐在中国领事馆里，我才有机会遇到否则一辈子都遇不到的社群以外的"中国血统"的人。

现代社会是一个变动不居的社会，很少有人会一辈子住在一个地方。无论是离开家乡去求学，还是离开土地去打工，人们心中所怀抱的，都是"世界这么大，我想去看看"的美好愿望。但在迁徙的过程中，与新知、感悟相伴的，是身份的危机。这是一个硬币的两面，也是悲欣交集的人生的真相。

一直以来，我东鳞西爪地看了不少门罗的作品，也曾经写过若干篇介绍她的文章，但我始终感觉自己没抓住她的精髓。她在写女性的困境吗？是的，但"女性主义"绝对无法概括她；她在写加拿大的小镇生活吗？看起来是，但她肯定不是一个风土人情作家……直到我有机会细读《岩石堡风景》，随着工作的展开，我越来越豁然开朗，越来越感觉到自己抓住了爱丽丝·门罗的主线。门罗的小说每一页所写的都是：当小世界遇上大世界的瞬间。

回顾我自己所走过的道路，在我的移民过程中，我不仅仅经历了国籍、民族、文化等方面的身份危机，还经历了（甚至说是主要经历了）职业身份的危机。我能算是一个作家吗？在新的国家里，面对不认识的人做自我介绍时，我总是既想声称自己是个作家，又觉得自己是个伪装者。我已经好多年没有作品了。不写作，怎么能算作家？以前虽然写过，但也没德高望重到可以被终生当成作家的地步。

那么我为什么写得这么少呢？也许，这一次我是对经验保护得过了头。我总是想等技巧成熟些……再成熟些……不要把这一次宝贵的移民经验再浪费掉。可是，这样的等待何时是尽头？

2015年，我再一次离开中国。这次我选择了美国的南加州。经过半年左右的安家过程，我又终于可以动笔写作了。《为了维克托》就是我带着忐忑不安的心情交出的最新的答卷。也许再过几年，我会再一次后悔自己浪费了一段经验；但也许再过几年，我会庆幸自己及时地做了应该做的事情。谁知道呢？也许，生活本身就有一条"第二十二条军规"，我们永远也找不到最佳的突破方案。